PHANTOMKILLER

DER ALBTRAUM VON TEXARKANA

Daß ein Mensch einen Menschen tötet – nicht aus Zorn, nicht aus Furcht, sondern nur aus Lust an seiner Qual sich zu weiden.

Lucius Annaeus Seneca

JÖRG SPITZER

Der Albtraum von Texarkana

Ich fasse das Leid nicht, das der Mensch dem Menschen zufügt. Sind die Menschen von Natur so grausam? Sind sie nicht fähig, sich hineinzufühlen in die Vielfalt der Qualen, die stündlich, täglich Menschen erdulden? Ich glaube nicht an die "böse" Natur des Menschen. Ich glaube, daß er das Schrecklichste tut aus Mangel an Phantasie, aus Trägheit des Herzens.

Ernst Toller -Deutscher Schriftsteller (1893 - 1939)

PHANTOMKILLER

Der Albtraum von Texarkana

Jörg Spitzer

„Was Ich getan habe, habe ich getan. Ich habe das getan, was ich tun musste.
Soll ich es etwa noch bereuen?

Nein, es gibt gewiss nichts zu bereuen.
Warum auch?
Es hat mir doch außerordentlich große Freude bereitet.

War ich in diesen Momenten nicht sehr glücklich?
Oh doch, dass war ich ganz bestimmt. Sehr sogar.
Doch jetzt ist es genug. Der Spaß schmeckt nicht mehr.

Ihr werdet nie erfahren, warum ich es getan habe.
Ihr werdet nie erfahren, wer ich war.
Ihr werdet noch nicht einmal erfahren, dass ich weiter unter euch gelebt habe. "

Dieser verdammte Regen.

Nun fuhr er schon fast drei Stunden durch diesen nie enden wollenden Regen.

Unter normalen Umständen wäre die Fahrt von Shreveport bis nach Texarkana in gut eineinhalb Stunden zu bewältigen.

Doch bei diesem verdammten Regen...

Herbert Brewster schnaubte wie ein texanischer Bulle während einem Rodeo bei dieser Vorstellung.

Als Ranger im Nationalpark von Texarkana war er natürlich einiges gewohnt, was dass Wetter anbetraf.

Doch solch einen Regen hatte es schon seit Jahren nicht mehr hier im Nordosten von Texas gegeben.

Jedenfalls vermochte sich der Ranger nicht daran zu erinnern.

Die Scheibenwischanlage seines schon etwas betagten Packard Clipper ächzte förmlich auf und konnte die enormen Wassermassen, die auf die Scheibe des Wagens prasselten, dazu nur mit einem lauten und schabenden Geräusch fort bewegen.

Hinzu kam diese grässliche Dunkelheit und der Highway lag wie ein undurchdringliches, alles verschlingendes endlos dunkles Loch vor ihm.

Dieser gottverdammte Regen ließ nur eine Geschwindigkeit von höchstens fünfzehn Meilen die Stunde zu.

Mehr wäre lebensgefährlich gewesen.

Ganz selten kam dem Ranger ein anderes Fahrzeug entgegen; vor und hinter seinem Wagen war kein anderes Auto zu sehen.

Der Mittvierziger fuhr sich mit einer Hand durch sein dichtes, schwarzes Haar und starrte unentwegt auf die Mittelstreifen der Straße, die bei diesem Wetter sein einziger Anhaltspunkt waren. Ohne diese festen Markierungen wäre er schon im Straßengraben gelandet.

Rechts und Links der Fernstraße war es noch schwärzer als schwarz. Nur ganz selten wurde diese bedrohlich wirkende Dunkelheit durch kleine schwache Lichtpunkte unterbrochen, die von den wenigen Ranches und Farmen stammten, die weit draußen in der unendlich weit scheinenden Ebene lagen und einigen Ölfeldern, die auch bei Nacht betrieben wurden.

Nur noch fünf Meilen bis zur Stadtgrenze von Texarkana: Brewster holte tief Luft und stieß einen

wohltuenden Seufzer der Erleichterung aus.
Umständlich zündete er sich eines seiner Zigarillos
an, keinen Moment den Blick vom Highway lassend.
Doch plötzlich, von einer Sekunde zur anderen, ließ
der Regen nach und hörte nach weiteren, wenigen
Sekunden ganz auf.
Merkwürdig, wunderte sich der Aufseher nur kurz,
freute sich aber im selben Augenblick darüber, dass
er nun halbwegs trocken sein Zuhause in Texarkana
erreichen würde.
Ich werde über die Lanewood Road fahren und dann
rechts abbiegen in den schmalen Waldweg, dass
wird zwar eine ziemlich holprige Fahrt, aber ich bin
schneller daheim. Kaum hatte er die Überlegung zu
Ende gebracht, als er auch schon vom Highway
abfahren mußte und nach wenigen Metern die
Lanewood Road erreicht hatte.
Hier, am Stadtrand von Texarkana, war um diese
Uhrzeit an diesem Samstagabend nicht mehr all zu
viel Verkehr. Einige Male wurde das trübe Licht der
Gasstraßenlaternen durch die Scheinwerfer der
wenigen Autos, die vorüberfuhren, etwas verstärkt.
Ansonsten war in dieser reinen Wohngegend nicht

viel los. Hinzu kam, dass die wenigen Häuser, die sich hier befanden, auch noch sehr weit auseinander lagen.

Der Ranger steuerte nun seinen Wagen in den schmalen Seitenweg, der auch Lovers Lane genannt wurde, da sich dort ein beliebter Treffpunkt für Liebespaare gebildet hatte. Hier waren die meist jungen Leute unter sich; es gab viel Wald und es gab immer einen Parkplatz für den Wagen.

Die Lane mündete oben in die Pinewood Avenue: Von dort aus war es für Brewster nur noch ein Katzensprung bis zu seinem Haus.

Plötzlich riß die Wolkendecke auf und es schien beinahe taghell zu werden. Es war Vollmond und in seinem kalten Licht konnte man den schmalen Waldweg sehr gut sehen. Überdies stellte der Ranger zu seiner Freude fest, dass der Boden nicht allzu aufgeweicht war. Doch umso heftiger wurde sein Packard durch den unebenen Waldboden durchgerüttelt. Das Licht der Scheinwerfer tanzte wild auf und ab und einige Male stieß der Aufseher mit seinem Kopf gegen das Wagendach. Doch dies machte ihm nicht viel aus. Er hatte schon

Schlimmeres erlebt. Gut gelaunt pfiff er eine flotte Melodie und sah sich schon bei einem Glas Bier und einem Zigarillo zuhause in seinem gemütlichen Ledersessel sitzen.

Auf einmal tauchte im Fahrlicht ein auf der Seite geparktes Fahrzeug auf. Was Brewster dann zu sehen bekam, ließ sein Pfeifen abrupt verstummen.

„Was ist das denn? Das gibt es doch nicht! Sieh sich mal einer diesen Regen an."

Stewart Allison setzte sich fluchend seinen schneeweißen Stetson auf, sprang aus dem Wagen und rannte so schnell wie er konnte quer über die Straße zu seinem Wohnhaus.

Trotz dieses schnellen Spurtes erreichte er völlig durchnässt sein Heim, ein Haus, erbaut im Südstaatenstil.

In der großen geräumigen Diele empfing ihn seine Mutter.

„Stew, Du siehst aus, als ob du aus der Badewanne gestiegen bist. Trockne dich erst einmal und komme dann bitte zum Abendessen."

Misses Allison, eine kleine untersetzte Frau mit langen grauen Haaren, die zu einem Knoten gebunden waren, sah ihren ältesten Sohn mitfühlend an. Der gab ihr wortlos einen Kuß auf die Stirn und stürzte die Treppe hinauf zu seinem Zimmer.

In der Küche war die gesamte Familie am Tisch versammelt.

Seine jüngeren Brüder, Billy Joe und Timothy, und seine Schwester Nancy, alle drei wenige Jahre jünger

15

als Stew, begrüßten ihren Bruder herzlichst.

Vater Bill, ein großer und drahtiger Texaner, der sein Leben lang als Verwalter auf der Holmes Ranch gearbeitet hatte, begrüßte seinen ältesten Sohn mit der für ihn typischen strengen Miene. Nicht das er das absichtlich tat: Vor einigen Jahren wurde er bei einer Schlägerei so schwer im Gesicht verletzt, dass er bleibende Schäden davon getragen hatte. Seine herabhängenden Mundwinkel und seine wie gemeißelt wirkende Gesichtskontur verliehen ihm eben diesen Ausdruck. Dafür war er ein um so liebender und fürsorglicher Vater, der seinen Kindern jeden Wunsch von den Augen ablas.

Nach dem Abendbrot ging Stewart nochmals auf sein großzügig eingerichtetes Zimmer mit eigenem Bad.

Mit seinen 29 Jahren wohnte der junge Mann immer noch bei den Eltern. Das lag weniger an finanziellen Erwägungen, sondern mehr daran, dass er eben noch nicht die richtige Frau kennengelernt hatte. In seinem Job als Versicherungsagent der Texarkana Insurance Corporation verdiente er gutes Geld, dass reichen würde eine Familie zu gründen. Zwar hatte der gutaussehende Mann schon einige Freundinnen gehabt, doch das große Los war noch nicht dabei gewesen.

Er war 1,90 groß, schlank, hatte braune lockige Haare und dunkelblaue Augen, die in manchen Momenten wie schwarz erschienen.

Aber vielleicht hatte er jetzt in Melissa endlich die Frau für´s Leben gefunden. Denn mit ihr war er heute an diesem Samstagabend verabredet. Zunächst sollte es ins Kino gehen und dann vielleicht noch etwas trinken. Melissa war auch schon zwanzig und für ihn eine besonders reife und sehr besonnene Frau. Und sie war bildhübsch. Hinzu kam, dass es Liebe auf den ersten Blick gewesen war, damals vor drei Monaten, als sie mit ihrem Dad in seinem Büro erschienen war. Seitdem waren die beiden unzertrennlich und verbrachten jede freie Minute miteinander. Melissa hatte das College beendet und würde im Frühjahr an der Texarkana University Veterinärmedizin studieren.

Stew sah auf seine aus reinem Gold bestehende Taschenuhr, die er von seinem Großvater geerbt hatte. Sie war ein kleines Vermögen wert und

Stewart hätte sie mit seinem Leben verteidigt.

Halb sieben. Jetzt wurde es Zeit für ihn, wenn er pünktlich seine Freundin abholen wollte.

Er machte sich etwas frisch, zog seinen schwarzen, mit Fransen besetzten Anzug an und zwängte seine Füße unter leichtem Stöhnen in seine neuen Stiefel aus Klapperschlangen Leder.

In freudiger Erwartung auf den Abend mit Melissa stellte er fest, dass es aufgehört hatte zu regnen .

Noch ein Spritzer Mundwasser aus der Sprühflasche und der Abend konnte kommen.

„Junger Mann, Du siehst fantastisch aus. Wenn ich nicht deine Mum wäre...?"

Misses Allison blickte ihren Sohn liebevoll an.

„Grüße an Melissa: Sie ist ein so reizendes Mädchen. Ihr passt wunderbar zusammen. Macht euch einen schönen Abend."

Sie gab ihrem Sohn einen Abschiedskuss auf die Wange. „Dad!" Stew nickte seinem Vater zu der im Wohnzimmer saß und in der Zeitung vertieft war.

Bill Allison nickte seinem Sohn nach texanischer Manier ebenfalls kurz zu„Mach´s gut Stewart und pass auf dein Mädchen auf."

Er stand auf.

Er hatte jetzt lange genug in dem Sessel verweilt, in dem schon seine Großmutter Theresa gestorben war. Es machte ihm nichts aus.

Ganz im Gegenteil so befand er immer; jedes mal, wenn er in diesem Sessel saß, wurde er ganz ruhig und seine Gedanken wurden weniger. Aber eben nur weniger.

Er ging ins Badezimmer. Als er sein Spiegelbild sah, fing er lauthals an zu lachen. Während der Rasur schnitt er sich mit dem Rasiermesser, dass schon seinem Vater gehört hatte, ins Kinn. *Er* ließ das Blut so lange ins Waschbecken tröpfeln, bis es von selber aufhörte zu bluten.

Als er vor das Haus trat, schlug ihm die kühle Abendluft entgegen. Es tat ihm gut. Diese Luft tat auch seinem Wagen gut.

Bei diesen niedrigen Temperaturen sprang sein Auto besonders gut an. Sein Gefährt mochte nicht die ansonsten hohen Temperaturen hier in dieser Ecke von Texas. Für ihn war dieses angenehme Wetter selten genug. Bald würde der Frühling Einzug ins Land halten und mit ihm diese fürchterliche Wärme.

Er stieg behutsam in seinen Chrysler, so, als wolle er ihn nicht verletzen und fuhr in die Innenstadt von Texarkana.

In seiner Lieblingsbar trank er eine Cola.

Dann werde ich mich gleich mal auf den Weg in die Lovers Lane machen. Heute ist Samstag und sieh sich mal einer an, was für einen Spaß die Leute hier in der Kneipe haben. Heute aber, an diesem Abend, werde ich auch meinen Spaß haben.

Und den werde ich bekommen. Endlich.

Er trank sein Glas leer und ging zurück zu seinem Wagen, als er auf dem Gehweg von einem Mann angerempelt wurde.

„Tschuldigung, Mister. War keine Absicht. Hab ein paar Gläser zu viel drüben im Brokers Inn...Bin nicht mehr so standhaft auf den Füßen. Bitte vielmals um Entschuldigung."

Der ältere, angetrunkene Mann sah ihn an und wollte weiter seines Weges gehen.

Er aber packte ihn mit beiden Händen an seiner Jacke und drängte den Ahnungslosen in eine Hausnische.

„Hey Mister, nun mal langsam. Was soll das denn jetzt werden? Ich..."

„Sei still, Du stinkendes, versoffenes Stück Dreck. Noch einen einzigen Ton von Dir und ich steche dich ab wie einen Langhorn Bullen".

Ein langes, dünnes Messer blitzte im fahlen Licht einer nahen Gaslaterne vor seinem angstverzerrten Gesicht auf.

„Sieh dir die Leute demnächst ganz genau an, mit denen du dich anlegen willst, schmieriger Säufer."

Damit schlug er dem Mann mit der Faust in den Magen, so dass sich dieser augenblicklich übergeben mußte. Er sank wimmernd zu Boden und presste seine Hände auf den Bauch.

Niemand sonst hatte die Szenerie mitbekommen, obwohl sich in der Nähe einige Menschen aufhielten.

Er stand drohend über dem am Boden liegenden, der jetzt schützend seine Arme vor das Gesicht hielt.

„Sei froh das ich dich nicht kalt mache."

Mit einem höhnischen Lachen drehte er sich um und verschwand im Dunkel der Nacht.

„Und Sie haben keine Ahnung wer der Kerl war? Wie war noch ihr Name? Simpson...Nein Sempers, nicht wahr?" Deputy Sheriff Mike Krueger sah den älteren Mann gelangweilt an. Dieser hatte sich nach der Attacke durch den Fremden wieder etwas erholt und selbst die Polizei verständigt.

„Also Mister Sempers. Sie haben den Kerl versehentlich angerempelt und der hat sie sofort gepackt und geschlagen. Dann hat er sie, als sie auf dem Boden lagen, mit einem Messer bedroht? Können sie mir eine Beschreibung des Mannes geben? Wie sah er aus? Was hatte er an?"

„Nein,nein nein, Officer, dass ging alles so was von schnell. Es war aber ein jüngerer Mann, ungefähr so groß wie ich, also etwa 1,80. An mehr kann ich mich nicht mehr erinnern. Aber seine Stimme. Sie klang... Er zischte mehr als das er sprach...Und es hörte sich heiser an. Ganz merkwürdig. Irgendwie unheimlich."

Deputy Krueger sah Sempers unter seinem Stetson spöttisch an.

„Von den Passanten hier hat niemand etwas gesehen oder gehört; nur Sie. als sie vollgekotzt und stinkend nach Whiskey aus der Ecke hier gekrochen kamen. Sind sie sicher, dass sie überfallen wurden oder hatten sie nur eine unfreiwillige Bekanntschaft mit der dunklen Hausecke gemacht, und die angerempelt?"

„Officer, ich sagte ihnen doch schon, dass ich nicht ganz betrunken bin. Gekotzt habe ich nur, weil mir dieser feige Hund in den Magen geschlagen hat. Ich sage ihnen, der führt nichts Gutes im Schilde. Der ist gefährlich, dass spüre ich. Diese Stimme..."

„Ich nehme sie jetzt im Wagen mit zum Sheriffs Büro. Da muß ich ein Protokoll aufnehmen. Kommen Sie bitte mit, Mister Simps...Äh Sempers."

Das rhytmische Geräusch der sich drehenden Trommel des .32 Revolver löste in ihm ein beruhigendes Gefühl aus. Mehrmals hintereinander drehte er das bewegliche Magazin der Waffe bevor er sie in seiner Jackentasche verstaute.

Dann stieg er aus seinem Wagen und atmete tief die frische Waldluft ein.

Von dem Feldweg bis zur Lovers Lane waren es nur etwa 200 Yard Fußweg durch den dichten Wald.

Hier kannte er sich gut aus. jede noch so kleine Unebenheit im Boden, ja jeder Baum war ihm vertraut. *Er* kannte die ganzen Wälder rund um Texarkana. Der Vollmond schien jetzt so hell, dass er die mitgeführte Taschenlampe erst gar nicht benutzen brauchte. Nach nur wenigen Minuten erreichte er die Lovers Lane.

Zu seiner Zufriedenheit stellte er fest, dass ein Wagen dort stand und sich in seinem Inneren etwas bewegte.

Die Fahrt bis zur Pinewood Avenue dauerte nicht lange.

Um genau drei Minuten nach sieben hielt Stewart Allison seinen dunkelroten Mercury Sportsmen vor dem Haus an, in dem Melissa wohnte.

„Einen wunderschönen guten Abend wünsche ich dem gutaussehenden Herrn."

Melissa Craine setzte sich zu ihrem Freund in den Wagen und gab ihm einen langen und intensiven Kuß zur Begrüßung.

„Du siehst bezaubernd aus, Kleines."

Stewart Allison betrachtete seine Freundin mit verklärtem Blick. Melissa trug einen knöchellangen schwarzen Rock, eine schwarze Lederjacke und mit ihren schulterlangen blonden Haaren und den braunen Augen sah die zierlich wirkende junge Frau einfach zum Verlieben aus.

„Dann kann`s jetzt los gehen. Rock`n Roll Baby, Texarkana mache dich auf was gefasst, wir kommen."

Stew lachte freudig auf und gab ordentlich Gas, so dass er mit laut quietschenden Reifen los fuhr.

In der Nähe des Old Inn Theatres hielt Allison den Wagen an und erwischte noch so eben eine Parklücke. Hier, unmittelbar in der City von Texarkana, war an diesem Abend schon reges Treiben. Aus den Kneipen ringsherum drang größtenteils Country Music und auf der Straße herrschte großer Betrieb.

Das junge Pärchen ging zum Schalter des Kinos und Stewart löste zwei Karten für den Film *Ist das Leben nicht schön* mit James Stewart und Donna Reed.

Der Streifen gefiel den beiden nicht.

„Ein neuer Film mit James Stewart; und dann so was. Der war langweilig und albern. Was für ein schlechter Film!"

Stewart hatte sich so sehr auf diesen neuen Film mit dem beliebten Schauspieler gefreut und dann solch eine Enttäuschung.

Melissa versuchte ihn etwas zu trösten.

„Schatz, es gibt schlimmeres im Leben als einen Kinofilm der einem nicht gefallen hat. Mir hat er auch nicht so zugesagt. Trotzdem war es schön...Mit dir." Sie sah ihren Freund verliebt an.

Im Brokers Inn gingen sie noch eine Cola trinken.
Hier gab es auch eine kleine Tanzfläche und die
beiden machten einen regen Gebrauch davon.

Stew hatte das Tanzen von seiner Mutter gelernt und
war mächtig stolz darauf auch beim Tanz eine gute
Figur abzugeben.

Gegen zehn Uhr verließen sie die Bar und fuhren
geradewegs und ohne Umschweife zur Lovers Lane.
Als sie ihr Ziel erreicht hatten, sahen sie, dass sie
alleine waren.

„Was für ein Glück, sonst ist niemand hier! Noch
nicht, aber das wird sich schon ändern, denn der
Abend ist noch jung."

Stewart Allison stellte den Motor seines Wagens ab
und legte den Arm um die Schulter von Melissa.

„Weißt Du eigentlich wie sehr ich Dich liebe?"
Die hübsche Studentin nickte nur mit dem Kopf und
gab dem jungen Mann einen langen innigen Kuss.
Sie ahnten nicht, dass ihr Tun von außen mit kalter
Neugier beobachtet wurde.

„Was zum Teufel...?", Herbert Brewster traute seinen Augen nicht, was er sah.

Am Straßenrand stand ein roter Mercury Sportsmen mit weit geöffneten Türen. Rechts daneben erfaßte das Licht der Scheinwerfer zwei reglos auf dem Boden liegende Menschen.

Der Ranger stürzte aus seinem Clipper und lief die wenigen Yard bis zu dem Wagen.

Vor ihm lagen auf dem kühlen und nassen Waldboden ein junger Mann und eine ebenso junge Frau.

Der Mann lag auf dem Rücken. Seine Hose und seine Unterhose waren herunter gezogen und er gab keinen Laut von sich. Im kalten Licht der Scheinwerfer sah Brewster, dass er blutüberströmt war. Der Ranger tastete nach dem Puls des Verletzten und stellte erleichtert noch Leben fest.

Die junge Frau lag mit angezogenen Beinen auf der Seite und wimmerte kaum hörbar.

„Hallo sie, was ist geschehen, können sie mich verstehen?" Er beugte sich nahe über das Gesicht der Frau.

„Nein, lassen sie mich doch bitte in Ruhe. Wir haben ihnen doch nichts getan. Warum?...Bitte Mister, nein. nicht, dass tut weh." Die Frau sprach leise, von Schmerzen erfüllt.

„Hören sie Miss. Mein Name ist Brewster, bleiben sie ruhig liegen. Ich hole schnell Hilfe."
Bis zum ersten Haus in der Lanewood Road brauchte der Aufseher nur wenige Minuten. Er hatte Glück. Ein älteres Ehepaar das dort wohnte hatte ein Telefon. Mit überschlagender Stimme verständigte Brewster die Polizei und einen Krankenwagen.

„Was ist das denn für eine Schweinerei? Welcher Drecksack macht denn so was? Das ist mir noch nicht so unter gekommen."

Deputy Sheriff Cole Younger rückte seinen Revolvergurt zurecht und stemmte beide Hände in seine breiten Hüften.

„Ich bin jetzt schon seit zwölf Jahren Deputy hier in Texarkana. Aber so was...?"

Der dickliche Younger mit seinem buschigen Schnauzbart sah seinen Kollegen ratlos an.

„Tja, ich weiß nicht Cole. Eigenartige Sache, aber so was passiert nun mal. Habe ähnliches damals in Dallas erlebt. Der Typ ist dann in der Klappse gelandet."

Deputy Sheriff Ben Menden sah seinen Kollegen ebenso ratlos an. „ Warten wir auf den Doc, dann werden wir vielleicht mehr erfahren."

Die beiden Polizisten standen vor einem Behandlungsraum im Texarkana Memorial Hospital, wohin man das schwer verletzte junge Paar gebracht hatte.

Nach über einer Stunde kam endlich der Arzt.

Dr. Mullen, ein älterer Mann mit einer kleinen silberfarbenen Nickelbrille auf seiner Nase kam nachdenklich aussehend auf die beiden wartenden Beamten zu.

„Also meine Herren, zunächst kann ich ihnen mitteilen, dass Mister Allison und Miss Crane sich nicht in Lebensgefahr befinden. Der junge Mann ist wieder bei Bewußtsein und ansprechbar, ebenso die junge Frau. Aber sie brauchen noch Ruhe. Verhören können sie die beiden frühestens erst morgen.

Was ich ihnen sagen kann ist: Die zwei wurden mit äußerster Brutalität zusammengeschlagen, mit Fausthieben und Fußtritten gegen fast alle Körperstellen. Dieser Angreifer hat auch eine Pistole als Schlagwaffe benutzt. Und er hat, nun, wie soll ich mich ausdrücken, er hat versucht Miss Crane mit dem Lauf der Waffe zu...vergewaltigen. Sie hat neben ihren gemachten Äußerungen dazu auch entsprechende Verletzungen im Intimbereich. Dadurch hat sie einiges an Blut verloren. Mit einer Waffe...So was habe ich bisher in meiner beruflichen Laufbahn noch nicht gehört."

Der Mediziner sah die Polizisten hilfesuchend an.

Younger blickte seinen Kollegen Menden bestürzt an.

„Mit einer Waffe versucht zu... Das ist ja abartig. Gleich morgen werden wir die beiden dann verhörren, wenn das in Ordnung ist, Doc?"

„Ja natürlich, aber bitte erst später am Tag. Es werden noch einige Untersuchungen durchgeführt."

„Wir saßen im Wagen, es war ein so schöner Abend. Wir...Wir küßten uns... schmusten miteinander. Alles war ruhig und friedlich. Plötzlich wurde die Autotüre aufgerissen und da stand dieser...Kerl. Er starrte uns an, hielt einen Revolver in der Hand. Dann sagte er, nein, er zischte uns mehr zu, dass wir aussteigen sollten, ganz langsam, sonst würde er uns sofort erschießen."

Stewart Allison erzählte mit leiser, stockender Stimme von dem Erlebten. Die Deputy Younger und Mendez standen vor seinem Bett und vernahmen mit betretener Miene seine Worte.

„Als Melissa und ich aus dem Wagen waren mußte ich mich bäuchlings auf den Boden legen und mir dabei..Die Hose herunterziehen; gerade war ich damit beschäftigt, als er wie von Sinnen anfing auf mich einzuschlagen und zu treten, mit der Faust, mit dem Revolver, in den Bauch, vor den Kopf. Ich fing an zu schreien, Melissa schrie wie verrückt, dann wurde alles dunkel."

Der junge Mann sah die Beamten flehentlich an.

„Der Doc sagt, dass dieses Schwein versucht hat mit dem Revolver Melissa zu..."

„Sir, können Sie uns eine Beschreibung von dem Täter geben. Wie sah er aus? Was hatte er an?"

„Er hatte eine Maske auf, so eine Art heller Jutesack mit Öffnungen für Augen und Mund. War wohl selbst gemacht. Er war ungefähr so groß wie ich, vielleicht 180, normale Figur, trug eine dunkle Jacke und dunkle Hose. Mehr weiß ich nicht. Das ging alles so schnell. Aber diese Stimme werde ich mein Leben lang nicht vergessen. Er zischte die Worte mehr, als das er sie sprach. Ich weiß nicht wie ich es sonst ausdrücken soll? Er hörte sich einfach nur eiskalt und...bösartig an."

„Miss Crane, was hat dieser Mann dann getan?".

Officer Younger fragte mit leiser, behutsamer Stimme.

„Er...Oh Gott...Er sagte...Mach...Mach deine Beine breit, dreckige Schlampe oder ich schieße deinem Freund...Die Birne von den Schultern."

Die hübsche junge Frau fing bitterlich an zu schluchzen und schlug beide Hände vor ihr Gesicht.

„Oh Gott, dieser Teufel. Warum...Was...?"

Officer Menden wollte die Befragung beenden.

„Sollen wir morgen fortfahren, Miss Crane?"

„Nein, ich erzähle ihnen jetzt alles, damit sie dieses ...Wesen kriegen.

Er kniete sich vor mich hin und hielt er mir die Waffe vors Gesicht. Dann fing er an mir den Lauf der Waffe immer und immer wieder...in den Unterleib zu rammen. Es tat höllisch weh, ich schrie, doch dieses Ungeheuer lachte nur höhnisch.

Dann fragte er mich ob es ...Gut tun würde? Ich...Mir wurde schwarz vor Augen.

Mehr weiß ich nicht."

Melissa Crane starrte mit merkwürdig ausdruckslosen Augen ins Leere.

„Okay Mam, dass reicht dann auch für heute. Sie haben uns mit ihrer Aussage sehr geholfen. Wir werden sie in den nächsten Tagen nochmals

konsultieren; vielleicht fällt ihnen bis dahin noch etwas ein. Gute Besserung Miss Crane."
Mit einem mulmigen Gefühl im Bauch fuhren die beiden Officer zurück zum Büro des Sheriff.

Sheriff Roberto Gonzaro saß an seinem Schreibtisch im Sheriffs Office als seine Deputy Younger und Mendez von ihrer Befragung im Texarkana Memorial Hospital zurück kamen.
„Na Jungs, was gibt es Neues in dem Fall?"
Gonzaro sah die beiden Hilfsheriffs mit seinen dunkelbraunen Augen fragend an. Sein wettergegerbtes Gesicht mit den vielen Falten und einem buschigen Oberlippenbart verliehen dem Fünfzigjährigen ein wildes Aussehen. Seine mexikanischen Wurzeln waren nicht zu leugnen.
Die Deputys setzten sich.
„Nicht viel, Chief. Ich setzte mich gleich hin und schreibe den Bericht.
Die beiden konnten den Angreifer nur recht vage beschreiben. Jünger, etwa 180 groß, normale Figur. Dunkle Kleidung. Am auffälligsten war wohl seine Stimme. Beide beschreiben sie als, nun ja, zischend.

Was immer das auch heißen mag. Ansonsten haben wir, wie gesagt nicht, viele Anhaltspunkte."

Der Beamte sah seinen Vorgesetzten mißmutig an.

„Okay Younger, veranlassen sie eine Phantomzeichnung, auch wenn dieser Mistkerl eine Maske getragen hat, mit allen bekannten Merkmalen. Na, Sie wissen schon ?

Also wenn sie mich fragen, denke ich, dass es vielleicht auf Eifersucht hinauslaufen wird.

Ein allzu verschmähter Liebhaber, einer der sich falsche Hoffnungen gemacht hat. Irgend so etwas.

Nun ja, wir werden sehen."

Dukes Bar war an diesem Samstagabend zum bersten voll; so voller Menschen, dass jemand Mühe hatte selbst noch einen Stehplatz zu bekommen.

Daryl Wellington, genannt The Duke, der Namensgeber der Bar, sah zufrieden und wohlgefällig auf das teils wilde Treiben, welches seine Kneipe heute zu bewältigen hatte.

„Oh Mann, so einen Ansturm hatten wir schon lange nicht mehr, was Tom? "

Der dickliche Wellington mit seinem stets puterroten Kopf, der den Anschein erweckte, als wolle er jeden Moment platzen, sah seinen Mitarbeiter mit einem schrägen Blick an.

„Das ist wohl wahr, Boss", der Angesprochene, ein schlaksiger Schwarzer, rieb sich freudig seine Hände. Er dachte gerade, dass er jetzt schon in drei Stunden mehr Trinkgeld erhalten hatte, als ein halber Wochenlohn.

Neben den beiden Männern arbeiteten heute noch zwei weibliche Aushilfen in der Bar. Ohne die beiden Frauen wäre der Laden schon zusammengebrochen.

Aus der neuen Juke-Box dröhnte laute Country-Musik und vermischte sich mit dem lauten Stimmengewirr in der Bar zu einem Höllenlärm. Aber das schien die Stimmung nur noch zu steigern. Jeder freute sich seines Lebens und der auch in Texarkana spürbare wirtschaftliche Aufschwung nach den harten Entbehrungen durch den zweiten Weltkrieg, taten sein übriges.

Der „Duke" verdankte seinen Spitznamen der Urgroßmutter seines Vaters.

Diese hatte einst, glaubte man den Erzählungen in der Familie, eine kurze, aber dafür um so heftige Affäre mit einem englischen Aristokraten gehabt.

Schon als Kind wurde Wellington von seinen Eltern und Geschwistern „Duke" genannt. Nach dem Warum hatte er später nicht mehr gefragt.

Um so gefragter war dagegen „The Duke" in Texarkana; vor allem unter den jüngeren Leuten.

Hier konnte man stets die neueste und aktuellste Musik hören; dazu gab es eine kleine Tanzfläche, die sehr gerne genutzt wurde.

In einem Nebenraum gab es außerdem noch zwei Billard Tische. Nirgendwo sonst in der texanischen

Grenzstadt zu Arkansas fand sich etwas vergleichbares.

„Ganz schön was los heute!"
Timothy Wayne steuerte seinen dunkelblauen Ford Super Deluxe direkt vor Dukes Bar.
Durch die großen Scheiben war schon von außen zu sehen das großer Betrieb herrschte.

„Wahnsinn, so viele Leute."
Bettsy Olshaker, die junge achtzehnjährige Absolventin des Texarkana College, warf ihre langen blonden Haare mit einer gekonnten Kopfbewegung nach hinten.

„Tja, Mister Timothy Wayne, da hier einiges los ist, wirst du verdammt auf mich aufpassen müssen. Aber als angehender Rechtsanwalt dürfte das für dich kein Problem darstellen."
Mit einem gespielten ironischen Blick sah die junge Frau ihren Freund an.

Der, ein großgewachsener dunkelhaariger Bursche mit auffallend weißen Zähnen, spitzte seine Lippen zu einem Kuß.

„Ich werde dich schon im Auge behalten, Sweetheart."

Die beiden stiegen aus dem Wagen und betraten ausgelassen die Bar.

„Junge, Kannst du deiner alten und gebrechlichen
Mutter noch einen Gefallen tun, bevor du gehst?
Bitte, mach mit noch einen Tee, sei so gut zu deiner
Mutter." Die alte Lady sah von dem Buch, dass sie
gerade am Lesen war, hoch.
„Ja Mum, gleich. Dann muß ich aber auch schon
wieder los. Du weißt das heute Freitag ist und ich
mich wieder mit meinen Freunden treffen werde?"
Er brühte einen Kamillentee auf, versüßte ihn mit
Zucker und brachte das Getränk zu seiner Mutter,
die in dem alten Sessel im Wohnzimmer saß.
„Komm mal zu mir, mein Junge. Ich möchte dir
noch etwas sagen. Ich bin dir sehr dankbar, dass du
dich so um deine alte Mutter kümmerst.
Seit Vater`s Tod, Gott sei seiner Seele gnädig,
kümmerst du dich rührend um mich. Aber ich weiß
auch das du ein junger Mann bist der seine Freiheit
braucht. Mach dir etwas vom Leben. Du weißt, ich
komme auch alleine sehr gut zurecht; trotz meiner
Krankheiten". Sie gab ihm einen Kuß auf die Stirn.
„Ja ich weiß Mum. Aber du und Dad, ihr wart auch
immer für mich da. Nun muß ich aber los. Es kann
spät werden. Warte nicht auf mich. Und verschließe

die Haustüre. Bis morgen Mum, schlaf gut."
Draußen vor dem Haus schlug ihm ein warmer Wind
entgegen. Der volle Mond verschwand ab und zu
hinter mächtigen Wolken. Es sah nach Regen aus.
Der Abend war mild und das Frühjahr stand vor der
Tür. Schon begann es ein paar Tropfen zu regnen.
Soll mir recht sein, dachte er und stieg in seinen
Wagen. *Heute, an diesem Abend, beginnt das, was
ihr nicht verstehen werdet.*
Das vor drei Wochen war erst der Anfang.
*Ich hätte die beiden Vollidioten da schon kalt
machen können. Sie hatten es nur meiner unend-
lichen Gnade zu verdanken, dass ich sie nicht wie
ein paar räudige Kojoten abgeknallt habe.*
Doch jetzt gibt es keine Gnade mehr. Nie mehr!

Er steuerte seinen Wagen in Richtung Innenstadt.
Seinen Revolver trug er in einem selbstgemachten
Holster aus Rindleder an der linken Brustseite, gut
verdeckt durch eine Lederjacke.
Im „Baileys Inn" trank er eine Coca Cola und sah
sich um.

An einem der Tische saßen zwei Deputy Sheriffs,
die wohl gerade eine Pause eingelegt hatten und
etwas tranken.

Einer der Polizisten sah zu ihm herüber, doch er
erwiderte den Blick sekundenlang.

„Wir müssen dann wieder los, Bill. Die Pause ist
schon wieder vorbei."

Der Angesprochene blickte sein Gegenüber an.

„Ja okay, dann zahlen wir mal."

Er kramte aus seiner Hosentasche Münzgeld hervor.

„Laß mal stecken, Bill. Der liebe Clark gibt dir heute
mal einen Drink aus. Morgen abend bist du dann an
der Reihe, falls wir dazu kommen."

Gönnerhaft grinste er seinen Kollegen an. Dieser
nahm das Gesagte mit einem achselzucken zur
Kenntnis, wischte sich mit einer Handbewegung
durch sein schütteres blondes Haar und setzte sich
seinen Stetson auf.

Deputy Sheriff Clark Arrow ging zum Tresen. Der
hünenhafte Polizist überragte seinen Freund und
Kollegen Bill Masterson um fast eine Kopflänge,
wobei dieser schon ein hochgewachsener Mann mit
ausladenden Schultern war. Die beiden Männer

waren Mitte dreißig und seit zehn Jahren beim County Sheriff in Texarkana angestellt. Beide hatten sich in der Polizeischule kennen gelernt.

Arrow legte einen Ein Dollar Schein auf den Bartresen, hinter dem der Wirt Ernest Fawler gerade versuchte, ein Whiskey Glas auf Hochglanz zu polieren.

„Hier Ernie, wir sind dann mal wieder weg. Stimmt dann so. Hoffe bis morgen. Sag mal, kennst du den Kerl da hinten am Ende des Tresens, den mit der schwarzen Jacke?"

Fawler blickte den Officer verständnislos an.

„Da hinten am Ende des Tresens sitzen fünf Leute, drei davon mit `ner dunklen Jacke. Außerdem kenne ich die alle nicht. Warum?"

„Schon gut, nur so, mir war als kannte ich den irgendwo her", brummte Arrow vor sich hin und verließ mit seinem Partner die Kneipe. Der Mann, der eben noch am Tresen gesessen hatte, war fort.

Drei Straßen weiter vor Dukes Bar blieb er stehen und starrte ins Innere. *Er* zündete sich genüßlich eine Zigarette an und blies den Rauch in den dunklen Himmel über Texarkana.

Bald wird euer dreckiges Vergnügen vorbei sein und mit diesem Gedanken betrat er Dukes Bar. Ein kleiner Tisch mit nur einem Stuhl davor, der in einer Nische stand, wurde gerade frei. *Er* bestellte sich ein Glas Bier und ließ seinen Blick durch die Bar schweifen. Das Lokal schien aus allen Nähten zu platzen. Je mehr los war, um so besser war es für ihn.

Niemand wird mich eines Blickes würdigen. Aber schon bald werdet ihr mich zu würdigen wissen. Schon sehr bald.

„Hören sie Mister, was soll das? Ich kann ihnen ein paar Dollar geben, wenn sie Geld wollen, mehr habe ich nicht dabei. Meine Freundin hat auch nicht viel Geld mit. Oder wollen sie vielleicht nur das Auto? Bitte, nehmen sie ihn sich. Aber..."
„Halt deine Fresse, Schwachkopf, oder ich zerschieße dir dein blödes Maul."
Timothy Wayne sah den maskierten Mann der vor ihm stand, entsetzt an. Gerade noch vor zwanzig Minuten waren sie in „Dukes Bar" gewesen. Zum Abschluß des Abends wollte er mit Melissa noch etwas alleine sein. Zur Lovers Lane zu fahren war ihm zu gefährlich gewesen, also hatte er sich gedacht, dann fahre ich mit meiner Liebsten hoch zur Rich Road, in der Nähe der Staumauer.
Als sie dann im Auto saßen wurde plötzlich wie aus dem Nichts und ohne Vorwarnung die Autotüre aufgerissen und dieser fürchterliche Kerl stand da mit gezückter Waffe und forderte Timothy und Bettsy auf, auszusteigen. Sofort dachten beide an den Vorfall mit Stewart Allison und Melissa Crane, der erst einige Wochen zurücklag. Die Polizei hatte nichts weiter herausfinden können, und so war die

ganze Angelegenheit schon fast in Vergessenheit geraten. Sollte das vielleicht...?

Ein harter Schlag gegen die Schläfe riß Timothy aus seinen kurzen Gedanken. Der Mann hatte ihn mit der flachen Hand vor den Kopf geschlagen.

„Los, knie dich hin, Arschloch. Oder soll ich dir in die Kniekehlen treten das du runter gehst? Nun mach schon und zeige deinem kleinen College Girl was für ein mutiger Kerl du bist. Du gehst doch noch zur Schule, Kleine, oder etwa nicht?"

Er sah Bettsy durch die Augenschlitze seiner Maske kalt an.

Ihr Mund war staubtrocken, ihr Herz raste wie wild und ihr war, als würde sie keinen Laut hervor bringen können.

„Bitte, Sir..Ja ich gehe noch zur Schule...Aber was wollen sie denn von uns?"

Timothy hatte sich zwischenzeitlich auf den Boden gekniet und Bettsy glaubte, jeden Moment umfallen zu müssen vor lauter Zittern.

Der unheimliche Mann zeigte mit dem Revolver auf die verängstigte junge Frau.

„Los, geh zu dem Baum da vorne und stelle dich mit

47

dem Bauch zum Stamm hin." Die eiskalte Stimme des Mannes ließ keinen Widerspruch zu. Halb ohnmächtig vor Angst ging Bettsy Olshaker mit wackeligen Schritten zu dem Baum.

„Und du, Sunnyboy, legst dich jetzt ganz flach auf den Boden und die Hände auf den Rücken."

Timothy konnte in die große dunkle Mündung des Revolvers sehen. Er zuckte, wie von einem Peitschenhieb getroffen, zusammen.

Der Fremde kniete sich neben Wayne und begann ihm die Hände zu fesseln. Dann verklebte er ihm den Mund mit Klebeband. Er stand auf und ging langsam auf Bettsy zu. Dann packte er sie an einer Hand, umwickelte diese mit einem dünnen Seil, ging mit dem Strick um den Baumstamm herum und fesselte dann die andere Hand, so dass die junge Frau bäuchlings an den Stamm gepresst wurde. Auch ihr verklebte er den Mund.

„So ihr beiden Hübschen, dann zeige ich euch mal was ich unter Vergnügen verstehe. Paßt gut auf."

Er griff nach einem am Boden liegenden längeren Ast, steckte seinen Revolver in das Holster, zückte ein großes Jagdmesser hervor und begann den Stock etwas zu begradigen. Danach befestigte er das Messer mit dem Klebeband an einem Ende des Astes; jetzt hielt er eine Art Speer in der Hand.

„So meine Lieben, jetzt erst kommt das Beste des Abends. So was habt ihr noch nicht erlebt. Darauf verwette ich meine neuen Stiefel aus bestem Klapperschlangen Leder." *Er* lachte höhnisch auf und sah zu Timothy hinüber.

„Sunnyboy, schau zu deiner Angebeteten; so wie jetzt wird sie bald nicht mehr aussehen."

Timothy sah zu Bettsy, Tränen liefen ihm über die Wangen und er sah den maskierten Fremden hasserfüllt an.

„Du dreckiges feiges Schwein", presste er mühsam hervor.

Er kam langsam auf Timothy zu, stellte sich neben ihn und setzte einen Fuß auf seinen Rücken. Bettsy, die nur wenige Meter entfernt an dem Baum gefesselt stand, schluchzte heftig.

„Schau genau hin, Texas Boy."

Er hob langsam den Speer und warf ihn in Richtung Bettsy Olshaker.

Das Geschoß bohrte sich um Haaresbreite neben

ihrem Kopf in den Baumstamm. Sie schrie unterdrückt auf, warf ihren Kopf hin und her und zerrte verzweifelt an ihren Fesseln. Timothy versuchte nun aufzustehen um seiner Freundin zur Hilfe zu eilen; doch mit einem brutalen Tritt in den Rücken beförderte ihn der unheimliche Fremde wieder auf den Boden zurück.

„Reg dich nicht auf, Baby. Du kannst ihr nicht mehr helfen. Es hat keinen Sinn. Ihr beide kommt hier nicht mehr raus. Die Sache ist schon so gut wie gelaufen."

Er ging leise pfeifend zu Bettsy, zog den Speer aus dem Baum und ging langsam zurück zu Timothy.

„Immer ich. Der blöde Kerl von George wird das schon machen. Ja natürlich, George macht alles. Aber sicher doch, Chef. Jawohl Sir, wird sofort erledigt!"

George Walther Emmerson fluchte nach bester texanischer Manier.

Ausgerechnet heute, am Samstag, wo er doch mit seinem Sohn Carl angeln gehen wollte, oben am Red River, kam ihm der Chief des Water Department wie so oft zuvor.

Emmerson hatte die Anweisung erhalten, eines der großen Überlaufrohre des White Patman Lake Stausees in der Nähe der Rich Road zu überprüfen, dass seit einiger Zeit immer wieder mit Baumästen verstopft war. Jugendliche aus der Stadt schienen sich einen Spaß daraus zu machen, die mächtigen Rohre in ihrer Funktion zu stören.

Wenn ich die erwische, die das machen, dann kriegen sie eine Abreibung, die sie so schnell nicht vergessen werden, dachte Emmerson und steuerte seinen Dienstwagen, einen alten Ford Pick up, über die holprige und enge Rich Road, die eigentlich ein besserer Waldweg war.

George Emmerson, ein kleiner aber muskulöser Mann von Mitte Dreißig, legte mit einem Ächzen den ersten Gang ein, den das Getriebe mit einem quietschenden und ohrenbetäubenden Knacken quittierte.

Die Straße wurde jetzt immer unwegsamer und so konnte G. E., wie er von seinen Kollegen und Freunden genannt wurde, nur noch im Schritttempo fahren.

Plötzlich mußte er in die Bremse treten. Mitten in einer engen Rechtskurve stand ein blauer Ford am Straßenrand.

Emmerson hielt an.

„Was zum Teufel stellt der Blödmann seine Karre mitten in der Kurve ab?", stieß er ungehalten hervor und stieg aus dem Wagen. Beide Türen standen weit offen doch niemand war zu sehen.

„Hallo, ist da jemand? Hey was soll das? Ihr Auto steht hier ziemlich ungünstig", rief Emmerson und ging um den Wagen herum.

Er blickte sich um und sah auf einer kleinen Lichtung in unmittelbarer Nähe etwas liegen.

Als er näher kam erstarrte er vor Schrecken.

„Das...Nein...", brachte er noch hervor und lief zurück zu seinem Wagen.

Sheriff Roberto Gonzaro stand bewegungslos da und starrte mit versteinertem Gesicht auf das Bild, dass ich ihm bot.

„Das kann doch nur ein Wahnsinniger getan haben, oder Sheriff?" Deputy Riley hatte sich neben Gonzaro gestellt.

Der Chief sah den Beamten nachdenklich an.

„Wahrscheinlich ja. Oder aber auch nicht. Aber sowas...Sucht jeden Zentimeter Boden gründlich ab, ob ihr was findet. Dreht jeden Stein zweimal um wenn es sein muß. Irgendetwas müssen wir doch finden. Verdammt nochmal..."

„Sheriff, ich kann ihnen schon etwas sagen."

Coroner Johnston, zuständig für den Bezirk Bowie County, kam auf die beiden Polizisten zu.

„Also, dass junge Mädchen....", etwas schroff unterbrach ihn Gonzaro.

„Entschuldigung Coroner, dass Mädchen ist wahrscheinlich eine gewisse Bettsy Olshaker mit ihrem Freund Timothy Wayne. Die Eltern der beiden jungen Leute waren heute morgen schon im Office gewesen und wollten eine Vermißtenanzeige aufgeben. Die Beschreibung würde zutreffen. Aber vor lauter Blut und...Oh Mann, vor drei Stunden habe ich die Eltern noch beruhigt und gesagt dass schon nichts schlimmes passiert sei. Und nun das..."

„Was wollten sie sagen, Coroner?"

„Der jungen Frau wurden sieben Stichwunden in Kopf, Hals, Schultern und Rücken zugefügt. Außerdem hat sie zwei Schußverletzungen am Hinterkopf. Soweit ich das hier unter diesen Umständen beurteilen kann wurde sie auch heftig geschlagen, getreten oder mit einem stumpfen Gegenstand malträtiert.

Ihr gesamter Körper ist von Kopf bis zu den Füßen mit Blutergüssen übersät.

Dem Jungen erging es nicht viel besser.

Drei Einschüsse in den Kopf; einer traf ihn in die Stirn, die anderen beiden gingen auch in den Hinterkopf.

Das Schlimmste aber: Seine Knochen scheinen restlos alle gebrochen zu sein. Jedenfalls ist das mein Eindruck. Sein Körper ist ein einziger Bluterguß. ein riesiges Hämatom.

So etwas habe ich noch nicht gesehen. Nein, wirklich nicht."

Der Arzt schüttelte sein weißhaariges Haupt und sah Gonzaro betrübt an.

„Wie kann jemand so grausam zu einem anderen Menschen sein?"

Der Chief verspürte auf einmal unbändige Wut aufsteigen und knirschte laut mit den Zähnen.

„Wir können die Leichen jetzt ins Gerichtsmedizinische Institut bringen. Hier bin ich mit meinen Untersuchungen fertig. Nach den Autopsien werden wir mehr wissen. Sind ihre Leute mit der Spurensicherung auch soweit, Sheriff?"

„Ja, Coroner. Viel haben wir nicht finden können. Keine einzige Patronenhülse haben wir sicher stellen können. Der Täter wird sie eingesammelt haben oder er hat einen Revolver benutzt."

Noch am Abend veröffentlichte die Texarkana Post, die örtliche Tageszeitung, einen ersten Bericht zu den feigen Morden an Bettsy Olshaker und Timothy Wayne. Es war natürlich das Gesprächsthema Nummer Eins unter den Menschen.

In den wenigen Kneipen und Restaurants der Stadt wurde lauthals diskutiert und das Sheriffs Depart-

ment wurde von einer großen Menschenmenge belagert, weil die Leute aus erster Hand wissen wollten, was es an Neuigkeiten gab.
Sheriff Gonzaro hatte sich deshalb entschlossen eine öffentliche Mitteilung abzugeben.
Vor dem aufgebauten Rednerpult drängten sich Hunderte von Menschen.

„Einwohner von Texarkana!
Wie ihr schon alle längst wißt, ist heute, hier in unserer Mitte, ein furchtbares und grausames Verbrechen geschehen. Zwei junge Menschen, die viele von euch kannten, wurden sinnlos und brutal aus dem Leben gerissen; ermordet von einer feigen und heimtückischen Bestie.
Ich kann euch zum jetzigen Zeitpunkt noch nicht viel sagen. Wir haben nur wenige Spuren und die müssen erst noch ausgewertet werden. Aber seid versichert das wir alles unternehmen werden um diese abscheuliche Tat aufzuklären. Das Sheriffs Department hat auch die Staatspolizei, das FBI in Houston und die Texas Ranger in Austin um Hilfe

*gebeten. Wir werden in Kürze tatkräftige
Unterstützung erhalten und euch immer wieder die
neuesten Entwicklungen in dem Fall mitteilen.
Aber ich habe noch eine Bitte an euch. Seid ab heute
sehr, sehr vorsichtig. Geht nach einbruch der
Dunkelheit nicht mehr alleine raus. Nur noch in
Begleitung. Meidet die Wälder und geht nicht
alleine dort hin. Auch tagsüber nicht. Wenn euch
etwas verdächtig erscheint, informiert direkt das
Sheriffs Büro.
Ich danke euch. "*

Blitzlichter der anwesenden Forografen erhellte die
Dunkelheit, doch kaum jemand sprach ein Wort.
Eine gespenstische Ruhe herrschte vor und man
spürte wie sich große Angst unter den Menschen
ausbreitete.

Am nächsten Tag rief der Sheriff seine ganze Belegschaft zu sich in den großen Besprechungsraum des Office. Die zwölf Deputys und drei Sekretärinnen blickten den Chief erwartungsvoll an. „Also Leute, was haben wir?

Bettsy Olshaker und ihr Freund Timothy Wayne wurden laut Autopsiebericht mit einem Revolver Kaliber .32 erschossen. Sie müssen auf brutalste Art und Weise geschlagen, getreten oder mit einem stumpfen schweren Gegenstand verletzt worden sein. Coroner Johnston konnte sich da nicht konkret festlegen. Zu heftig sind die Wunden. Ein Sexualverbrechen kann ausgeschlossen werden. Es gibt keinen Zeugen oder sonst jemanden der etwas gesehen oder gehört hat. Die Stricke, mit denen die beiden gefesselt waren, sind Massenware; ebenso das Klebeband, dass wir an den Leichen gefunden haben. Es gibt keine Fingerabdrücke oder sonstige Spuren wie Fuß-oder Reifenabdrücke. Der Boden oben am Tatort besteht überwiegend aus Gras.

Die Sache mit Stewart Allison und Melissa Crane vor vier Wochen können wir wahrscheinlich dem selben Täter zuschreiben. Tja, Leute, dass ist alles.

Vielleicht erfahren wir mehr, wenn wir mit der Befragung von Freunden und Verwandten weitermachen können. Die Staatspolizei, das FBI und vier Leute der Texas Ranger unter Captain Montoya werden in wenigen Stunden hier eintreffen und uns unterstützten."

In den nächsten Tagen und Wochen glich das sonst so lebenslustige Texarkana nach Einbruch der Dunkelheit einer Geisterstadt. Aber auch selbst bei Tageslicht spürte man das etwas nicht stimmte. Das sonst so betriebsame und rege Städtchen wurde immer leiser und ruhiger.

Gingen die Menschen tagsüber noch ihrer Arbeit und den Geschäften nach, so sah man nach Sonnenuntergang fast niemanden mehr auf der Straße. Die wenigen Kneipen und Cafes der Stadt wurden zwar noch besucht, aber die Anzahl derer, die sich ins Freie wagten, war schon sehr begrenzt. Wer dennoch ausging war nicht mehr alleine unterwegs. Die meisten waren bewaffnet und trugen ihre Gewehre und Pistolen für jeden sichtbar vor sich her.

An jeder Straßenecke sah man die Beamten der Staatspolizei stehen oder die Mitarbeiter des Sheriff Departments; mit dem Auto, zu Fuß aber auch zu Pferd wurde patrouilliert.

Intensivst wurden mit Verwandten, Freunden und Bekannten der Beiden Gespräche geführt.

Doch auch hier konnte die Polizei zu keinen neuen Erkenntnissen gelangen. Timothy Wayne und Bettsy

Olshaker galten als äußerst beliebt, hatten keine Feinde oder irgendwelche Streitigkeiten mit anderen. Ihr Tod war für jeden absolut sinnlos.

„Misses Morton! Darf ich sie in ihren Naturbetrachtungen, mögen sie auch noch so interessant sein, stören? Jennifer, kannst du uns die Frage beantworten?"

Jennifer Morton schreckte auf und sah mit leicht verstörtem Blick um sich. Nun starrte sie die gesamte Klasse an um dann in schallendes Gelächter zu verfallen.

Die sechzehnjährige Schülerin der Texarkana Highschool hatte die herrlich blühenden Bäume des Schulparks durch das Fenster beobachtet und wäre auch noch fast eingenickt.

Die Lehrerin, Misses Brown, sah das Mädchen unter ihrer dicken schwarzen Hornbrille fragend an.

„Entschuldigung Misses Brown, aber können sie die Frage bitte nochmals wiederholen? Ich war einen Moment unachtsam."

„Ich wüßte gerne von dir wann die Schlacht am Little Big Horn stattgefunden hat?"

Sie überlegte nur kurz.

„Am 25 Juni 1876 wurde die siebte amerikanische Kavallerie am Little Big Horn in Montana unter General Custer durch Indianer geschlagen. Durch eine Fehleinschätzung der Armeeführung kam es zu der verheerenden Niederlage."

„Kannst du uns auch sagen welche Indianerstämme an der Schlacht beteiligt waren?"

„Hauptsächlich waren es Sioux, Cheyenne, Lakota und Dakota Indianer, unter der Führung von Häuptling Crazy Horse, Sitting Bull und Häuptling Gall."

„Das war sehr gut, junge Dame. Bemerkenswert."

Misses Brown sah wohlgefällig auf das Mädchen.

„Ach wenn doch nur alle Schüler so...", wollte sie gestreng die Klasse ermahnen, als die Schulglocke schrill zur Mittagspause läutete.

„Vergesst bitte eure Hausaufgaben nicht. Bis morgen dann.", konnte sie noch hervorbringen, ehe die Klasse lauthals den Raum verließ.

Auf dem Flur traf Jennifer ihren Freund Miles.

Das Mädchen mit den großen blau-grauen Augen lächelte ihren Freund liebevoll an.

„Na, bestaussehender Mann der Highschool. wie war der Unterricht?"

Miles Milago, ein großer schlanker junger Mann von sechzehn Jahren freute sich sehr.

„Ach Süße, komm, gehen wir lieber direkt in die Mensa essen und anschließend in den Park. Es ist ein so schöner warmer Tag heute und ich wäre gerne mit diesem wunderschönen Mädchen allein." Schmachtend und voller Sehnsucht sah er sie an.

„Okay Darling, dann komm schnell, laß uns gehen, bevor die Pause vorbei ist."

Captain Ernesto B. Montoya zündete sich eine Zigarre an, blies den Rauch in kunstvollen kleinen Ringen zur Decke und blickte ruhig und gelassen auf die Anwesenden im Büro des Sheriffs von Texarkana.

Außer dem Sheriff und Montoya hatten sich noch zwei FBI Beamte und vier Vertreter der Staatspolizei eingefunden.

„Meine sehr verehrten Herren. Sie sind allesamt kompetente und sehr qualifizierte Polizisten. Ihre Vorgesetzten haben nur die besten Leute hier nach Texarkana entsandt, um diese unheilvolle Angelegenheit zu untersuchen.

Wir müssen, nein, lassen sie mich besser sagen, wir dürfen jetzt nicht in blinde Panik verfallen sondern müssen einen kühlen Kopf bewahren; gerade weil da draußen ein verrückt gewordener Killer durch die Nacht schleicht und unschuldige junge Menschen abschlachtet wie Vieh."

Der leicht untersetzte, aber dennoch drahtige Texas Ranger rollte seine braunen Augen einmal im Kreis hin und her und fixierte dann Sheriff Gonzaro mit seinem festen Blick.

„Sehen sie Sheriff: Als wir vor gut zehn Jahren diesen irre gewordenen Dessert Killer endlich stellen konnten, da war ich mit meinen Leuten und der Polizei auch an dem Punkt, wo sie sich gerade befinden.

Die wenigen Spuren die wir haben sind natürlich nicht zufriedenstellend und lassen einen nur nervös werden. Aber seien sie sich in einem gewiß: Die Zeit arbeitet für uns. Schauen sie." Er holte einen Bogen Papier aus seiner Aktentasche und hielt das Schreiben hoch in die Luft. „Hier ist eine Einschätzung von Dr. Melvin Walker, ein persönlicher Freund von mir und seines Zeichens Verhaltensforscher an der Universität von Dallas. Eine anerkannte Koryphäe auf seinem Gebiet.

Er schreibt, dass nach seiner Ansicht der Täter ein absolut abartiger Mensch ist, der von seinen bizarren Fantasien geleitet wird.

Auf seine Mitmenschen erscheint er völlig normal, führt ein unauffälliges Leben, geht mit Sicherheit einer Arbeit nach und läßt sich nichts zu Schulden kommen. Er achtet fast pedantisch darauf nicht aufzufallen. Wenn sie ihm auf der Straße begegnen, würden sie keine weitere Notiz von ihm nehmen. Doktor Walker ist der Meinung, dass es sich um einen jüngeren Mann handelt, etwa 25-30 Jahre alt. Er hat kein ausgeprägtes Selbstbewußtsein und macht eher einen schüchternen Eindruck."

Der Captain nahm einen Schluck Wasser zu sich, hüstelte leicht. Die anderen sahen ihn gespannt an. „Wahrscheinlich ist er nicht verheiratet oder hat eine andere feste Beziehung. Es könnte gut möglich sein, dass er noch bei seinen Eltern wohnt. Er wird auch keinen großen Freundeskreis besitzen, ist mehr ein Einzelgänger..."
Gonzarro sah erwartungsvoll in die Runde.
„Das ist erstmal alles. Mehr kann uns der gute Doktor auch nicht mitteilen. Aber ich finde das ist besser als nichts, oder Gentlemen?"
Der Ranger lächelte seine Kollegen an.
„Ich verspreche ihnen das wir den Kerl kriegen. Er wird einen Fehler begehen und dann haben wir ihn. Das schwöre ich, so wahr ich Texas Ranger bin."

Miles Milago wünschte seinen Eltern, seinem jüngeren Bruder und seiner älteren Schwester eine gute Nacht und ging die Treppe hoch zu seinem Zimmer.

Doch hier blieb er nur wenige Sekunden. Schon stieg er leise und vorsichtig durch das kleine Zimmerfenster und hangelte sich geschickt an der alten Feuerleiter zu Boden, die glücklicherweise genau an seinem Zimmer entlangführte.

Leise, und um sich schauend, schlich er zu dem kleinen Schuppen, unter dem sein Fahrrad stand, und fuhr hinaus in die Nacht.

Für elf Uhr am Abend war er mit Jennifer an der alten North East Road verabredet.

Er benötigte etwa zwanzig Minuten für die Fahrt und erreichte die einsame Straße sogar noch zehn Minuten vor dem verabredeten Zeitpunkt.

Die North East war im Gegensatz zu früher jetzt nur noch eine wenig befahrene Straße, die meist einzelnen ansässigen Farmern und Ranchern als Abkürzung in die Stadt diente.

Jennifer kam pünktlich zu ihrer Verabredung.

Sie war noch Saxophon spielen gewesen, in dem

Clubheim an der Fourth Street.

Ihren Wagen, ein dunkelroter Hudson Super 6, der ihrem Vater gehörte, stellte sie kurz vor Miles ab, der an einem Holzgatter lehnte und schon sehnsüchtig auf seine Freundin wartete.

Er stieg hastig ein.

„Na endlich, es kommt mir so vor als warte ich schon Stunden auf Dich. Laß uns noch etwas weiter die Straße reinfahren; dort oben rechts ist ein kleiner Parkplatz."

Mit ausgeschalteten Scheinwerfern fuhren sie das Stück bis zu der Stelle. Der Vollmond, der über den Wipfeln der Bäume stand, schien so hell, dass man meinen konnte es würde gleich Tag werden.

„Viel Zeit habe ich nicht, Miles. Ich hab meinen Eltern fest versprochen gegen 23.30 Uhr zu Haus zu sein. Sie machen sich doch auch Sorgen wegen der Morde vor vier Wochen. Was ist wenn dieser Kerl hier rumschleicht?" Ängstlich sah sie ihren Freund an.

„Keine Angst, schöne Frau. Der Bastard soll mir nur kommen, dann kriegt er eins übergebraten."

Grinsend hielt er eine Pistole hoch, die er aus seiner

Jackentasche gezogen hatte.

„Eine Marksman Automatik, Kaliber 7 mm. Die hat mir Dad geschenkt, gehörte mal Grandpa Pete. Gut schießen kann ich auch. Der Kerl wird sein blaues Wunder erleben."

„Miles, steck bitte die Waffe weg. Ich kriege Angst und mir ist kalt."

Das Mädchen zitterte am ganzen Körper.

Miles umarmte sie behutsam, streichelte über ihren Kopf und küßte die junge Frau zärtlich .

„Mum, möchtest du noch eine Scheibe Brot essen?
Du hast viel zu wenig gegessen."
Er rief hinüber ins Wohnzimmer, in das sich die alte
Dame zurückgezogen hatte.
So saß er alleine am Küchentisch und las dabei die
Abendausgabe der Texarkana Post.
„Nein mein Junge, ich möchte nichts mehr. Ich habe
keinen Appetit. Ich höre noch etwas Grammophon
und gehe dann zu Bett. Bei dir wird es doch heute
wieder später, oder?"
ER hingegen las begierig die neuesten Berichte über
sein Tun.
„Ihr Schwachköpfe werdet mich nie kriegen. Jetzt
nennen sie mich schon das Phantom von Texarkana.
Hört sich doch gut an, Wow".
„Was hast du gesagt, Junge? Hast du Au gesagt?"
„Ja, Ja Mum, ich habe mir in den Finger
geschnitten.Nichts schlimmes, nur ein kleiner
Kratzer."
Er ärgerte sich über dieses Mißgeschick.
„Mum, ich gehe nochmal vor die Türe um mir eine
Zigarette zu rauchen. Es ist ein so schöner milder
Abend!"

Auf der Veranda sah er die schmale Straße rauf und runter; niemand war zu sehen. Keine Autos, keine Menschen.

Er grinste hämisch, als er in der Ferne Wagenlichter wahrnahm.

Ein roter Hudson Super 6 fuhr langsam am Haus vorbei. *Er* konnte ein junges Mädchen am Steuer erkennen, dass zielstrebig in Richtung North East fuhr.

„Mum, ich bin dann weg. Kann wieder später werden. Ich wünsche dir eine Gute Nacht. Hab dich lieb".

Er gab seiner Mutter einen Kuß auf die Stirn.

„Ich habe dich auch lieb, mein Junge. Paß auf dich auf. Gute Nacht, bis morgen."

Nun sieh dir einer diesen geilen Bock an, wie er an der Kleinen rumfummelt. Kriegt ja nicht schnell genug die Hose auf. Dabei habe ich den Eindruck, dass die Süße gar nicht so recht will.
Er stand am hinteren Fenster des Hudson und konnte alles sehr gut sehen. Das helle Licht des Vollmondes fiel in das Wageninnere, doch die beiden darin ließen sich nicht stören. Sie bemerkten nicht das Unheil, dass über sie kommen sollte.

Miles Milago sah nur für den Bruchteil einer Sekunde einen dunklen Schatten am Fenster vorbeihuschen, als auch schon die Wagentüre aufgerissen wurde.

„Laß die Finger von der Knarre, Junge, oder ich schieße dich ab wie einen Waschbären."

Miles hatte noch versucht, die auf dem Armaturenbrett abgelegte Waffe zu erreichen, doch der lange dunkle Lauf des Revolvers und die unheimlich klingende Stimme des Fremden ließen ihn schnell erstarren.

„Und du blöde Kuh glotz mich nicht so dämlich an und mach dein Maul zu."

Jennifer hatte vor lauter Entsetzen keinen Ton hervorbringen können und starrte den Eindringling nur an.

„Los Mädchen, steig aus und du, Mister Sunshine, bleibst brav auf deinem Hintern sitzen. Verstanden?"

Er griff nach der Pistole auf der Armatur und steckte sie in seine Jackentasche.

„Mister, Bitte. Wir..."

„Halt dein Maul, Idiot. Deiner Schlampe wird schon nichts geschehen; und dir auch nichts, wenn ihr schön brav seit und genau das macht, was der nette Onkel zu euch sagt."

„Luke, komm her. Sofort sage ich dir. Kannst du nicht einmal hören, du ungezogener Hund?"
Amy Mcarthy blickte ihren Hund mit strengem Blick an.
Der schwarz-weiße Border Collie hingegen blieb kurz stehen, drehte sich um, bellte kurz auf und lief unbeeindruckt weiter.
„Also so was..."
Die junge Frau steckte sich einen Kaugummi in den Mund und schmunzelte. Wie jeden Morgen ging sie mit Luke über die wenigen Felder ihrer Farm um nach dem Rechten zu sehen. Die Sonne war vor einer Stunde aufgegangen und es schien ein milder Apriltag zu werden.
Als sie sich der North-East Road näherte, die an ihr Grundstück vorbeiführte, sah sie am angrenzenden Wald einen Wagen stehen.
Leute gibt`s, dachte sie und fragte sich, wer schon so früh morgens und das auch noch am Wochenende hier etwas zu suchen hätte?
Aus der Entfernung konnte sie erkennen, dass eine Person im Wagen saß. Als sie näher kam stockte ihr der Atem und sie schrie vor Entsetzen laut auf.

„Zwei Einschüsse in den Kopf.
Der eine direkt mitten in die Stirn, der andere neben
dem linken Ohr. Der Junge müßte sofort tot gewesen
sein. Sonst konnte ich oberflächlich keine weiteren
Verletzungen feststellen."
Coroner Johnston stand mit Sheriff Gonzaro und
Special Agent Brown vom FBI vor dem Hudson
Super 6.
„Schon wieder dieses Schwein. Aber wo ist die
kleine Jennifer? Ihr Vater sagte heute Nacht noch auf
dem Revier, dass sie gestern nach dem Saxophon
spielen eigentlich sofort nach Hause kommen wollte.
Dann muß sie sich doch noch mit ihrem Freund,
diesem Miles Milago, getroffen haben.
„Riley, nehmen sie die Suchhunde und genügend
Männer und suchen die Umgebung ab; sehen sie zu
dass sie das Mädchen finden. Dieser Mistkerl wird
sie hier irgendwo hingebracht haben.
Verdammt nochmal."
Gonzaro sah gedankenverloren auf die Leiche des
jungen Miles als Deputy Mendez auf ihn zukam.
„Sheriff, gehen sie ans Funkgerät. Claire ist dran."
Mendez traute sich nicht, seinen Chef anzusehen.

Gonzaro ahnte was er von seiner Mitarbeiterin hören würde.

„Ja, Claire, Roberto hier, was gibt es?"

„Sheriff, Oh Gott, an der Ellwood Street, in der Nähe des Drive Inn, hat ein Arbeiter des Kalkwerkes im Wald an einem Baum gelehnt, ein junges Mädchen gefunden. Das Gesicht voller Blut. Er hat gerade hier angerufen. Tom und Clancy sind schon dorthin unterwegs."

Sie blickte mit starren, leblosen Augen die beiden Officer an, die auf sie zu gingen.

„Mist, dass ist die kleine Norton. Die Beschreibung paßt. Komm, wir müssen schon nachsehen."

Officer Clancy Miller stieß seinen Kollegen Tom Myers mit dem Arm an, der ungläubig auf die Leiche des Mädchens sah.

„Sieh dir mal diese Schweinerei an: Ein Schuß in die Schläfe, der andere in den Hinterkopf. Er hat sie regelrecht hingerichtet."

Leichenbeschauer Johnston blickte Sheriff Roberto Gonzaro mitleidig an.

Der wiederum schaute mit versteinertem Gesicht auf die beiden Leichen, die vor ihm auf den Sektionstischen lagen.

„Der Junge wurde mit drei Schüssen in den Kopf getötet, wobei jeder einzelne Schuß schon tödlich gewesen ist.

Dem armen Mädchen wurde zweimal in den Kopf geschossen. Auch diese Schüsse wären, für sich allein genommen, tödlich gewesen.

Geschossen wurde wie bei den ersten Morden mit einem Revolver Kaliber.32.

Ansonsten konnte ich keine weiteren Verletzungen feststellen. Ein sexuelles Vorgehen kann ich ausschließen. Sie wurden einfach nur kalt und grausam ermordet. Die Beiden waren ansonsten kerngesund und hätten bestimmt ein langes Leben vor sich gehabt. Den ausführlichen Bericht erhalten sie morgen, Sheriff."

Mit einem fast weinerlichen Unterton in der Stimme wandte sich der Coroner ab und verließ den Raum.

Neben Gonzaro stand Deputy Riley, der vor lauter

Nervosität mit seinen Fingern auf sein Revolver-
halfter trommelte.

„Was jetzt, Sheriff?", fragte er mit tonloser Stimme.

„Ich weiß es nicht, Riley. Verdammt nochmal. ich
weiß es doch auch nicht."

Theodora Augusta Mcbain wurde durch ein klirrendes Geräusch aus ihrem ohnehin schon schlechten Schlaf gerissen.

Die pensionierte Lehrerin der Texarkana Highschool hatte schon als Kind einen unruhigen und leichten Nachtschlaf gehabt, so dass sie bei jedem noch so leisen Geräusch sofort wach wurde.

Niemand hatte bisher dafür eine Ursache finden können; es war einfach so und die Lady hatte sich damit abgefunden.

„Was war das?"

Sie setzte sich im Bett auf und horchte in die Dunkelheit des Zimmers und der Nacht hinein.

Ihr kleines Haus direkt am östlichen Stadtrand von Texarkana, schon auf dem Staatsgebiet von Arkansas gelegen, hatte nur vier Zimmer und ihr kleiner Schlafraum grenzte nach hinten raus an das ebenfalls nur kleine Grundstück.

Von dort her kam das Geräusch.

Die resolute alte Lady setzte sich ihre Brille auf, griff zielstrebig in die Schublade ihres Nachttisches und wirbelte dann gekonnt einen Colt Revolver um ihren Finger, der schon ihrem verstorbenen Mann gehört hatte. Seit 45 Jahren war sie jetzt schon Mitglied im örtlichen Western-und Countryclub, und sie konnte immer noch auf dem Pferd sitzen, reiten, mit dem Lasso werfen und noch verdammt gut schießen.

„Na warte, Freundchen oder wer immer da draußen rumlungert, bei mir bist du an der falschen Adresse, ich werde dir eine überbraten dass dir hören und sehen vergehen wird."

Sie schlich mit dem schießbereiten Revolver in der Hand zum Schlafzimmerfenster und sah sich in ihrer Vermutung bestätigt: Vor der kleinen Gartenlaube, die nur wenige Meter vor ihrem Fenster stand, machte sich eine dunkle Gestalt zu schaffen.

Sie schob sachte das Fenster nach oben und zielte mit der Waffe auf den Eindringling.

„Noch eine Bewegung, Junge, und du hast eine neun Millimeter Kugel im Rücken. Überlege es dir gut und nun Hände hoch."

Sie blieb ganz ruhig und fixierte die dunkle Gestalt mit eisernem Blick.

Der Angesprochene hob ganz langsam seine Arme und wagte nicht sich umzudrehen.

„Ich...Theodora...Ich bin es, Max...Bitte nicht schießen. Ich hätte es nicht mehr die Straße runter geschafft bis zum Haus.
Bitte...Ich...Ich habe Durchfall und du hast doch einer Toilette in deiner Laube."

Sheriff Gonzaro wischte sich mit einer Handbewegung ein paar Schweißtropfen von seiner Stirn, zog an seiner Zigarre und sah von seiner Veranda hinaus in die Landschaft. In der Ferne lag der Highway und nicht weit davon die große Staumauer.

„Oh Mary, was ist das nur für eine Kerl, oder sollte ich lieber Bestie sagen, der so junge Menschen umbringt? Wer macht so etwas?"

Mary Gonzaro, die an einem kleinen Tisch saß, sah ihren Mann besorgt an.

„Rob, schau nicht so sorgenvoll drein; du und das Team werdet ihn schon kriegen. Vielleicht ist es ein sehr kranker Mensch und er weiß gar nicht so genau was er macht. Ich habe das mal in einem Buch gelesen, dass es so was gibt. Er ist dann sozusagen jemand anderes. Er..."

„Er ist ein Schwein, wenn du mich fragst und weiß ganz genau was er tut. Ich hoffe er wird auf dem elektrischen Stuhl brennen."

Gonzaro hatte seine Frau mit schroffer Stimme unterbrochen.

„Seit dem ich hier in Texarkana Sheriff bin, hatten

wir erst einen einzigen Mord; und der war vor fünf Jahren, als der alte Tierry von der Banks Ranch seine Frau mit dem Beil erschlagen hat."

Die kleine, schmale Frau mit den langen schwarzen Haaren stand auf und nahm ihren Mann in den Arm.

„Chief Sheriff Roberto Gonzaro: Ich bin sehr stolz auf sie und weiß das sie diesen Fall lösen werden."

„Und was ist wenn nicht? Wenn dieser Scheißkerl abhaut oder einfach damit aufhört?"

Der Chief sah seine Frau ernst an.

„Dies ist eine so kleine und liebenswerte Stadt mit einer großen Zukunft. Aber diese Sache kann hässlich ausgehen. Für alle Beteiligten. Captain Montoya ist zwar zuversichtlich, aber ich bin es nicht. Ich habe ein mulmiges Gefühl, dass irgendetwas schief geht."

Sie saßen beim Frühstück als jemand an der Türe laut klopfte.

„Nanu, wer ist das denn so früh am Morgen und das auch noch am Wochenende? Schau doch mal bitte nach, Junge. Vielleicht ist es Becky von nebenan. Sie will sich bestimmt wieder Kaffee oder irgendwas anderes leihen."

Er stand auf, ging zur Haustüre und konnte schon durch die Türgardine sehen, wer dort stand.

„Guten Morgen Sir. Ich bin Deputy Riley, mein Kollege Krueger vom Sheriffs Department.

Wie sie bestimmt schon erfahren haben, sind gestern morgen wieder zwei ermordete Teenager erschossen aufgefunden worden; einer oben an der North-East Road der andere an der Ellwood Street.

Da sie hier nicht allzu weit entfernt wohnen befragen wir alle Anwohner in der näheren Umgebung ob sie etwas verdächtiges gehört oder gesehen haben.

Können sie uns dazu vielleicht etwas sagen, Sir?"

„Nein , kann ich nicht", antwortete er ruhig und gelassen.

„ Wann soll das denn genau gewesen sein?"

„Wir vermuten vorgestern Abend zwischen zwanzig und vierundzwanzig Uhr."

„Vorgestern Abend? Nein, da war ich gar nicht hier zu Hause. Ich war in Red Springs, bei einem Freund."

„Lebt sonst noch jemand in diesem Haus? Können wir vielleicht kurz eintreten? Wir würden auch gerne ihre Personalien aufnehmen."

„Aber selbstverständlich, Officer. Kommen sie mit ihrem Kollegen herein. Meine Mutter lebt noch hier. Wir waren gerade beim Frühstück. Kann ich ihnen etwas anbieten? Einen Kaffee vielleicht oder ein Glas Milch?"

Riley und Krueger betraten das Haus.

Sie begrüßten die alte Dame in der Küche und stellten sich vor.

„Mam, haben sie etwas ungewöhnliches gehört oder gesehen an diesem Abend?"

„Nein, Officer. Ich habe Grammophon gehört und bin dann gegen dreiundzwanzig Uhr zu Bett gegangen. Mir ist nichts weiter aufgefallen."

Zu ihm gewandt fragte Riley, „Sir, besitzen sie eine Waffe? Dürfen wir sie sehen?"

Er ging zu einem Schrank im Wohnzimmer und holte einen Revolver und ein Winchester Gewehr. Krueger nahm den Revolver an sich und untersuchte ihn kurz.

„Aus dieser Waffe ist vor kurzem geschossen worden; und es ist ein Revolver Kaliber.32. Mit so einer Waffe sind alle Opfer erschossen worden. Sir, ich muß sie bitten uns zum Sheriffs Office zu begleiten. Wir würden ihnen gerne ein paar weitere Fragen stellen."

„Das werde ich bestimmt nicht tun, Officers", lud das Gewehr durch und drückte mehrmals auf die Deputys ab, die keine Chance hatten ihre Waffen zu ziehen.

Die alte Lady öffnete ihren Mund und klatschte begeistert in die Hände.

„Das hast du gut gemacht, Junge, wirklich gut gemacht. Ich bin stolz auf dich."

„Das ist noch besser", sagte er, zielte mit dem Gewehr auf seine Mutter und drückte ab...

Schweißgebadet wurde er wach. Sein Herz raste und er rang nach Luft.

Verdammt noch mal, bleib ruhig. Es war doch nur ein Traum, nur ein Traum. Mehr nicht.

Krachend fiel der letzte große Sack mit Getreide-
körnern auf die Ladefläche des Ford Pick up.

John Anthony Dabrov rieb sich seine staubig
gewordenen Hände an seinem blauen Overall ab und
nahm einen großen Schluck Wasser aus einer
Flasche, die in seinem Truck lag.

„So das war es erst mal, Bill. Wie immer alles auf
Rechnung. Ach ja, bevor ich es noch vergesse: Ich
brauche noch zwei neue Schaufeln. Gestern sind mir
doch tatsächlich gleich zwei durchgebrochen, als ich
einen alten Wurzelstock vor dem Farmhaus
ausgraben wollte."

Bill Harris, der den einzigen und größten Laden für
landwirtschaftliche Artikel im Umkreis von fünfzig
Meilen betrieb, nickte seinem langjährigen Kunden
und zugleich guten Freund zu.

„Na klar doch, Josh, wird gemacht, wie immer.
Vielleicht lönnen wir mal wieder zusammen was
trinken gehen; wie wär`s mit Sonntag, wenn du Zeit
hast?"

Der auffallend dünne Harris, ein Kriegsveteran, sah
seinen um fünf Jahre älteren Freund an.

„Mal sehen, Bill. Ich weiß noch nicht genau, dass

kann ich dir erst heute Abend sagen. Ich rufe dich dann an. Hätte auch mal wieder Lust was zu unternehmen."

„Aber seit dieser verdammte Mistkerl hier herumwütet und diese grauenvollen Morde begeht, ist nichts mehr richtig los in Texarkana. Es laufen ja bald mehr Polizisten durch die Gegend als Einwohner hier leben. Hoffentlich kriegen sie den Kerl bald. Der muß doch völlig übergeschnappt sein."

Harris stimmte seinem Freund zu, holte noch zwei Schaufeln und verabschiedete sich.

Dabrov setzte sich in seinen Wagen und fuhr los. Über den Highway 67 east würde er gut eine halbe Stunde Fahrt benötigen bis zu seiner Farm, die zehn Meilen nordöstlich der Stadt lag.

Zu seinem Anwesen gehörten sechs große Felder, die er mit Getreide und Mais bepflanzte.

Er bestellte die Farm zusammen mit seiner Frau Emily. Die beiden waren ein eingespieltes Team. Doch neben der täglichen Farmarbeit verdiente sich Dabrov noch ein paar Dollar dazu: Mit Schweißarbeiten für die umliegenden Ranches und Farmen an Fahrzeugen oder landwirtschaftlichen

Maschinen. Dabrov galt als angenehmer, verträg-
licher und vor allem sehr zuverlässiger Mann.

Gerade waren es erst vier Wochen her, seit er seinen
sechsunddreißigsten Geburtstag gefeiert hatte.

Joshua und Emily waren zwar erst seit fünf Jahren
verheiratet, doch kannten und liebten sie sich schon
seit ihrer gemeinsamen Highschool Zeit.

Dabrov genoß während der Fahr zu seiner Farm eine
selbstgedrehte Zigarette.

Sein halblanges braunes Haar und seine grau-blauen
Augen verliehen dem stattlichen, großen Texaner ein
markantes Aussehen.

Vom Highway bog er in die Pidglane ein und war
schon fast an seinem Ziel angelangt.

Auf der schmalen holprigen Straße kam ihm sein
Bruder Bill mit dem Auto entgegen.

Die beiden Männer nickten sich nur zu und fuhren
weiter.

Der jüngere Bruder von Dabrov hatte in unmittelbarer Nähe zur Farm sein Haus stehen, doch war er
kein Farmer geworden sondern arbeitete in einem
Lebensmittelladen in Texarkana.

Dabrov steuerte seinen Pick up auf den Farmhof.

Es war ein warmer und sonniger Maitag. Ein fast wolkenloser blauer Himmel spannte sich über das weite Land.

Seine Frau Emily kam ihm aus dem Haus entgegen gelaufen.

„Hallo mein Schatz, schön dich zu sehen."

Emily Dabrov war eine schlanke, mittelgroße Frau mit hüftlangen blonden Haaren und einem stolzen Blick in ihren blauen Augen. Die Texanerin hatte sich für das Leben mit Joshua Dabrov entschieden und sie war sehr glücklich dabei.

„Hallo mein lieber Josh, schön dich auch zu sehen."

Die beiden gaben sich liebevoll einen Kuß; dann luden sie gemeinsam die Getreidesäcke von dem Pick up und lagerten sie in der großen Scheune.

„Damit wäre dann die Wintersaat unter Dach und Fach. Ich habe jetzt einen Bärenhunger, was gibt es denn heute Gutes zum Mittagessen, Honey?"

Der Farmer sah seine Frau neugierig an.

„Dein Lieblingsessen, schöner Mann: Ein saftiges Steak mit Kartoffeln und einer leckeren Soße, und als Nachtisch...",,...Gibt es dich."

Lachend hob Dabrov seine Frau in die Luft und trug sie auf seinen Armen zum Farmhaus.

Nach dem Abendessen setzte sich Dabrov ins Wohnzimmer und las Zeitung. Dabei trank er wie immer ein Glas Whiskey und steckte sich seine Pfeife an. Emily machte den Abwasch in der Küche und wollte gerade Kaffee kochen, als sie vom Wohnzimmer her ein klirrendes Geräusch hörte.

„Schatz", rief sie, „Was ist passiert? Ist dir das Glas zu Boden gefallen?"

Da sie keine Antwort erhielt ging sie rüber zum Wohnzimmer.

Joshua Dabrov lag in seinem Sessel, Arme und Beine von sich gespreizt; Blut rann an seinem Hals herunter und er hatte die Augen geschlossen.

„Josh was ist...?"

Mehr konnte Emily Dabrov nicht mehr sagen. Ein weiteres klirrendes Geräusch und ein harter Schlag gegen ihren Unterkiefer ließen sie jäh verstummen. Sie verspürte einen fürchterlichen Schmerz in ihrem Mund als sie plötzlich einen weiteren harten Schlag an ihrer Schulter erhielt, der sie zu Boden riss.

„Misses Dabrov?"

Emily nahm die Stimme wie aus weiter Ferne wahr. Sie öffnete blinzelnd ihre Augen um sie sofort wieder zu schließen: Zu grell war das Licht um sie herum.

Ihr Unterkiefer schmerzte höllisch und sie hatte das Gefühl einen großen Stein im Mund zu haben.

Als sie sich aufrichten wollte durchfuhr sie ein stechender Schmerz, der von ihrer Schulter ausging.

Jemand legte eine Hand auf die ihre.

„Mein Name ist Doktor Wilson, Misses Dabrov. Sie wurden in ihrem Haus angeschossen. Wir mußten sie notoperieren. Wie fühlen sie sich?"

Emily Dabrov vermochte dem Arzt nur flüsternd zu antworten.

„Was ist...Wer hat...Was ist mit meinem Mann? Wo ist Josh?"

„Mam, sie waren zwei Tage ohne Bewußtsein, sie hatten sehr viel Blut verloren. Ich verständige jetzt den Sheriff. Der wird ihnen alles weitere erklären."

Nach langem Schweigen begann Emily zu erzählen.

Tränen liefen ihr über das Gesicht und sie hatte
Mühe Sheriff Gonzaro anzusehen.
„Wir hatten zu Abend gegessen. Josh...setzte sich
wie immer ins Wohnzimmer und ich kümmerte mich
um den Abwasch.
Plötzlich hörte ich ein Geräusch, wie splitterndes
Glas. Ich dachte mein Mann hätte ein Glas fallen
lassen. So ging ich ins Wohnzimmer um nachzu-
schauen."
Sie schluchzte heftig und holte tief Luft.
„Ich sah Josh im Sessel liegen... Er blutete am Hals.
Da spürte ich einen harten Schlag an meinem Kiefer
und einen weiteren an meiner Schulter..."
„Möchten sie eine Pause einlegen, Mam?"
„Nein, ich erzähle weiter", antwortete sie mit jetzt
entschlossener Stimme.
„Ich stürzte zu Boden und hörte dann wie jemand
die Haustüre öffnete. Ich...stand auf...mir war
schwindelig, und diese furchtbaren Schmerzen.
Dann hörte ich Schritte in der Diele. Sie hörten sich
schwer und hart an.
Mit letzter Kraft lief ich zu der Verbindungstüre
zwischen Wohnzimmer und dem Hinterhaus.

Von dort bin ich dann ins Freie und zum Haus von Josh`s Bruder Bill gelaufen. Er..."

„Schon gut, Mam. Wir machen morgen weiter. Ruhen sie sich jetzt erst einmal aus."

„Joshua Dabrov wurde mit einem Schuß in den Hinterkopf getötet. Der Schütze muß unmittelbar vor dem Wohnzimmerfenster gestanden haben. Wir konnten entsprechende Schuhabdrücke sichern. Als seine Ehefrau dann nach dem Rechten sehen wollte wurde auch sie durch die Scheibe beschossen. Der Täter wird einen Schalldämpfer benutzt haben, deshalb hat auch niemand etwas gehört."
Captain Montoya nahm einen Schluck Wasser zu sich und fuhr fort.
„Ich gehe davon aus, dass es unser Phantom war. Warum er sich die Farm ausgesucht hatte, ist einfach zu beantworten: Hier, in unmittelbarer Nähe zur Stadt, ist ihm der Boden wohl zu heiß geworden. Überall ist Polizei und niemand geht mehr nach Einbruch der Dunkelheit in die Wälder. Also mußte er seinen Aktionsradius erweitern. So sieht es jedenfalls aus."
Er schneuzte sich mit einem Taschentuch die Nase, so als wolle er das Gesagte damit unterstreichen.
„Misses Dabrov hatte großes Glück das er sie nicht richtig getroffen hat. Als sie dann schwerverletzt das Haus verließ, hat der Killer noch nach ihr gesucht.

Wir konnten auch im Haus blutverschmierte Stiefelabdrücke finden.

Wahrscheinlich vor lauter Wut hat er dann noch einiges im Haus verwüstet.

Die Munition die benutzt wurde stammt von einer Automatik Kaliber 9 mm.

Wie gesagt:Ich denke es war unser Killer. Vielleicht aber sind einige von ihnen anderer Meinung."

Der Texas Ranger erwartete keine großen Nachfragen. Jeder anwesende Beamte im Besprechungsraum des Sheriffs Department wußte Bescheid. Wieder hatte das Phantom keine brauchbaren Spuren hinterlassen, wieder einmal hatte niemand etwas gesehen oder gehört.

Montoya räusperte sich leicht.

„Meine Herren, wir arbeiten zunächst weiter wie bisher. Es fällt mir schwer das zu sagen, aber wir werden notgedrungen abwarten müssen, bis er wieder zuschlägt oder einen Fehler begeht.

Möge Gott uns und dieser Stadt beistehen."

Es sah so aus, als würde er jeden Moment explodieren wollen.

Der glutrote Sonnenball zeigte sich an diesem warmen Sommerabend von seiner beeindruckendsten Seite, als er über der Bucht von San Franzisko im Ozean versinken wollte.

Der Tag ging zu Ende und die Menschen hatten unter der unerträglichen Hitze sehr gelitten.

Doch jetzt wehte eine leichte Brise vom Meer über das Land und brachte eine kleine Abkühlung.

Ach Mum, wenn du das jetzt sehen könntest..
Du hast doch immer diese besonderen
Sonnenuntergänge geliebt, damals schon, als wir
noch in Texarkana gelebt haben...
Wie oft hatten Dad und du diesen immer wieder
schönen Anblick von der Veranda unseres Hauses
aus bewundert.
Als Dad dann starb...viel zu früh... waren wir beide
allein und mußten uns durchschlagen.
Jetzt bist du auch schon mehr als fünfzehn Jahre tot
und trotzdem sehe ich dich immer noch jeden Tag
vor mir.

Immer wenn ich an deinem Grab hier auf dem Friedhof in Vallejo stehe, dann stelle ich mir vor, du würdest dich nur etwas ausruhen und gleich wieder zu mir zurück kommen.

Als du damals in Texarkana diese Krankheit bekamst, da war es nur allzu richtig, dass wir zu deiner Schwester Heather hier nach Vallejo in Kalifornien gezogen sind. Es ging dir dann ja auch ein paar Jahre wieder besser. Aber dann...

Er stand auf, ging ins Haus hinein, setzte sich an seinen Schreibtisch und trank ein Glas Bier. Dann nahm er einen Bogen Papier aus der Schublade und schrieb einen Brief. Er begann, wie die letzten Briefe auch, mit den Worten

„Hier spricht der Zodiac"

**

Phantomkiller of Texarkana

In der kleinen Stadt Texarkana, die genau auf der Grenze zwischen Texas und Arkansas liegt, gab es eine Reihe von grauenhaften Serienmorden verübt von einem maskierten Mörder, der als das "Phantom of Texarkana" oder "Moonlight Murders" bekannt wurde.

Zwischen den 23.03. und 04.05.1946 tötete der Täter fünf Menschen und verletzte zusätzlich drei schwer. Die Opfer waren ausnahmslos Liebespärchen, die meist an Waldwegen oder in der Abgeschiedenheit der Straßen in Ihren Autos saßen. Auffällig war zudem, dass die Taten immer in Vollmondnächten verübt wurden, wodurch der Serienkiller schließlich seinen Namen bekam.

Bei der ersten Tat überlebten beide Opfer, da der Killer sie "nur" niederschlug. Den Jungen schlug er bewusstlos und das Mädchen vergewaltigte er mit dem Pistolenlauf auf brutalste Art und Weise. Doch in den folgenden beiden Fällen erschoss er die Pärchen, wobei die Vergewaltigungen, die anfangs in der Bevölkerung die Runde machten, wohl nicht mehr stattfanden und als unwahr zurückgewiesen wurden. Die Taten riefen in der Bevölkerung Angst und Schrecken hervor und die Polizei hatte alle Hände voll zu tun. Nicht nur um den Täter zu fassen, sondern auch um Lynchjustiz zu vereiteln. Es gibt Aufzeichnungen von Gewaltausbrüchen gegen Zeitungsjungen oder Vertretern, die von der Bevölkerung für den Mörder gehalten wurden. Die Polizei fahndete allerdings sehr aktiv und versuchte alle weiteren Taten zu verhindern, was unter anderem dem sehr ehrgeizigen Polizeichef der Texas Rangers Captain Gonzaullas zu verdanken war. Straßen, Waldgebiete und teilweise die ganze Stadt Texarkana mit immerhin 44.000 Einwohnern wurde abgesperrt und abgesucht. Auch als Liebespärchen verkleidete Ermittler setzte man ein, um den Täter hervorzulocken. Alle diese Maßnahmen führten vermutlich dazu, dass der letzte versuchte Doppelmord des Phantoms von seinem normalen Muster abwich, als er am 03.05.1946 sich diesmal einer Farm näherte und deren Besitzer Virgil Stark durch das Fenster erschoss. Als seine Ehefrau den Raum betrat, wurde auch auf sie gefeuert. Kate Stark lief schwer verletzt auf die Strasse und rannte um Hilfe zu holen. Währenddessen drang der Mörder in das Haus ein und verteilte das Blut des Farmers in der Wohnung. Kurz danach war die Polizei vor Ort, die die Verfolgung mit Suchhunden aufnahm. Doch dem Täter gelang mit einem Auto die Flucht.

Nun war die Stadt in ständiger Hand der Polizei und es gab kaum Möglichkeiten, sich ungehindert zu bewegen. Ausgerechnet zwei Tage später fand man an Eisenbahnschienen einen Leichnam, der von einem Zug überrollt wurde. Anfangs gingen Polizei und Presse davon aus, dass der Serienmörder unter dem enormen Druck Selbstmord begangen haben müsse. Die Autopsie ergab allerdings, dass der tote Mann vorher erstochen wurde. Einige vermuteten, dass der Killer diesen Mord beging um einen Selbstmord vorzutäuschen. Von da an verlor sich allerdings auch jede Spur und es gab keine weiteren Taten.

Am 28.06.1946 wurde das Ehepaar Youell und Peggy Swinney in einem gestohlenen Wagen festgenommen. Der Mann, ein mehrfach vorbestrafter Kleinkrimineller, avancierte zum Hauptverdächtigen, da kurz vor den jeweiligen Morden ein Auto gestohlen worden war, das unmittelbar nach den Verbrechen aufgefunden wurde. Zudem verfügte die wegen Beihilfe zum Diebstahl mit angeklagte Frau des Verdächtigen über Detailwissen, das der Öffentlichkeit nie zugänglich gemacht worden war und Youell Swinney schwer belastete. Während der Gerichtsverhandlung machte sie jedoch von ihrem Aussageverweigerungsrecht gegenüber ihrem Ehemann Gebrauch.

Swinney wurde schließlich wegen Autodiebstahls und gewohnheitsmäßiger Körperverletzung zu lebenslanger Haft verurteilt, musste aber 1973 aufgrund von Verfahrensfehlern wieder entlassen werden. Ob er tatsächlich das „Phantom" war, konnte nie geklärt werden. Er starb am 15.09.1994 in einem Pflegeheim in Dallas.

Captain Gonzaullas erklärte noch in den 70er Jahren und fast 30 Jahre nach den Taten, dass er nie aufhören würde, den Täter zu jagen. Diese Aussage stützt daher nicht die Angaben über den Autodieb und somit bleibt der Fall bis heute ungeklärt und wird dies wohl auch bleiben.

Doch was ist dann aus dem wahren Täter geworden? Hat er tatsächlich Selbstmord begangen oder ist er gar eines natürlichen Todes gestorben? Oder durch einen Unfall? Hatte sich in seinem Leben eine entscheidende Veränderung ergeben, aufgrund derer er das Morden unterließ? Bei so manchem Serienmörder war dies der Fall. Oder ist er tatsächlich geflüchtet und lebte weiterhin und unbescholten unter der Bevölkerung? Die Möglichkeit besteht, da er nicht als zwanghafter sadistischer Killer eingestuft wurde und so vermutlich mit dem Morden aufhören konnte, als der Fahndungsdruck zu hoch wurde. Oder er wurde für eine andere Tat festgenommen und sitzt im Gefängnis ein. Diese Möglichkeit könnte dann auch auf Swinney zutreffen, doch dann hätte gerade die Polizei und Captain Gonzaullas wahrscheinlich umgehend bekannt gegeben, dass der Täter gefasst wurde.

1976 wurde der auf diesen Fall basierende Film "The Town that dreaded Sundown" gedreht, der zur Erinnerung an die Mordserie alljährlich an Halloween in einem texarkanischen Kino gezeigt wird.

2014 erschien das Buch "The Phantom Killer: Unlocking the Mystery of the Texarkana Serial Murders" von Dr. James Presley in dem beschrieben wird, warum Youell Swinney seiner Meinung nach der "Phantomkiller von Texarkana" war.

*Das Phantombild mit dem
öffentlich in Texarkana
nach dem bis heute nicht
identifizierten Serienkiller
gefahndet wurde.*

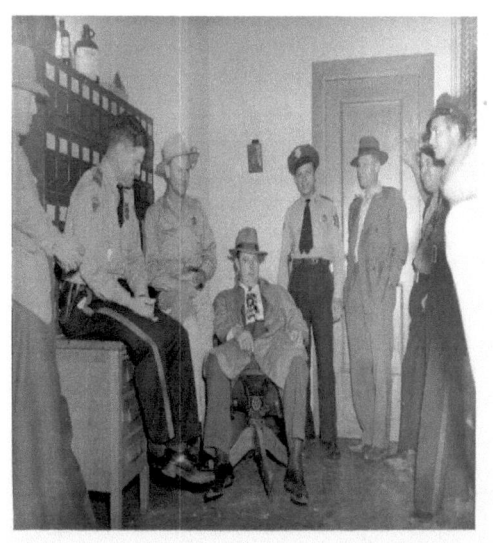

*Polizeibeamte aus Texarkana während einer
Besprechung. Die Suche nach dem Phantom Killer
blieb letztendlich ohne Erfolg. Der Fall wurde bis
zum heutigen Tag nicht geklärt*

Die Morris Lane oder auch Lovers Lane in Texarkana. An diesen oder ähnlichen verschwiegenen Plätzen beging der bis heute unbekannte Killer von Texarkana seine mit äußerster Brutalität durchgeführten Taten.

*Das erste männliche Opfer aus
der Lovers Lane. Die weiteren
Pärchen hatten weniger Glück
und wurden getötet.*

*Grabstelle des ermordeten Farmers. Durch die
Fensterscheibe traf ihn das tödliche Geschoß.*

Youell Sweeney nach seiner Verhaftung. Ob er der unbekannte Mörder von Texarkana war nahm er als Geheimnis mit ins Grab.

Quellenverzeichnis

Zitat Seneca
Lucius Annaeus Seneca   Seneca, Briefe an Lucilius (Epistulae morales ad Lucilium), 62 n. Chr. 90. Brief.

Coverbild
Eigenes Foto.

Zitat Ernst Toller
08/2019.https://www.gutzitiert.de/zitate_sprueche-das_boese.html Aufruf 09/2019Von

Bild Lovers Lane
<a By Unknown - Texarkana Daily News, Public Domain, https://commons.wikimedia.org/w/index.php?
curid=29744244 <a   Aufruf 01/2020

Bild Polizisten im Büro
href="https://commons.wikimedia.org/wiki/File:Officers.jpg#/media/File:Officers.jpg"><img
src="https://upload.wikimedia.org/wikipedia/commons/5/54/Officers.jpg"
*alt="Officers.jpg"></a>
By Tillman B. Johnson, Sr. - Texarkana Gazette, Public Domain, <a*
*href="https://commons.wikimedia.org/w/index.php?curid=29744247">Link</a> *
Aufruf 02/2020

Bild des ersten männlichen Opfers in der Lovers Lane
* <a href="https://commons.wikimedia.org/wiki/File:Jimmy-hollis.jpg#/media/File:Jimmy-*
hollis.jpg"><img src="https://upload.wikimedia.org/wikipedia/commons/1/18/Jimmy-hollis.jpg"
*alt=".Jimmy-hollis.jpg"></a>
By Unknown - Relative of Jimmy Hollis,*
Public Domain, <a href="https://commons.wikimedia.org/w/index.php?curid=39285050">Link</a></
p>
Aufruf 11/2019

Bild Grabstelle des getöteten Farmers
* <a href="https://commons.wikimedia.org/wiki/File:Virgil_Starks%27_Grave_Marker.JPG#/media/*
File:Virgil_Starks'_Grave_Marker.JPG"><img
src="https://upload.wikimedia.org/wikipedia/commons/thumb/6/6f/Virgil_Starks
%27_Grave_Marker.JPG/1200px-Virgil_Starks%27_Grave_Marker.JPG" alt="Virgil Starks' Grave
*Marker.JPG"></a>
By <a href="//commons.wikimedia.org/w/index.php?*
title=User:JeremeK&action=edit&redlink=1" class="new" title="User:JeremeK (page does
not exist)">JeremeK</a> - Own work, <a
href="https://creativecommons.org/licenses/by-sa/3.0" title="Creative Commons Attribution-Share Alike
3.0">CC BY-SA 3.0</a>, <a href="https://commons.wikimedia.org/w/index.php?
*curid=24772794">Link</a> *

http://www.serienkillers.de/ungekl-serienmorde/a-z/phantomkiller-of-texarkana/

Herstellung und Verlag:
BoD – Books on Demand, Norderstedt
ISBN: 9783757823245